ullstein

Das Buch

Erwachsenwerden ist alles andere als einfach. Kaum hat man musikalische Früherziehung und die ersten Milchzähne hinter sich gelassen, geht der Stress los. Die Eltern mutieren zu überaufmerksamen 24-Stunden-Paparazzi, und dann taucht da noch dieses bizarre Phänomen namens Mädchen auf. Und schon ist man mitten drin, in der ersten, zweiten und dritten großen Liebe.

Mit rabenschwarzem Humor und einer schrägen Sicht auf die Dinge verbindet Mischa-Sarim Vérollet seine skurrilen Geschichten zu einem ebenso witzigen wie sentimentalen Coming-of-Age-Roman.

Der Autor

Mischa-Sarim Vérollet, erfolgreichster Poetry Slammer Bielefelds, wurde 1981 auf Gibraltar geboren und wuchs inmitten einer deutsch-englisch-französischen Familie in Ostwestfalen auf, wo er mehrfach am Seepferdchen scheiterte. Zuletzt erschien sein Kurzgeschichtenband *Das Leben ist keine Waldorfschule*.

Mischa-Sarim Vérollet

Warum ich Angst vor Frauen habe

Roman

Ullstein

Besuchen Sie uns im Internet:
www.ullstein-taschenbuch.de

Jede Ähnlichkeit mit lebenden oder verstorbenen Personen, Tieren oder Pro-
dukten des öffentlichen und privaten Lebens ist in der Mehrheit dem Zufall
oder dem Gedächtnis geschuldet und, wenn nicht anders gekennzeichnet, nur
im Einzelfall beabsichtigt und in jedem Fall, genau wie der Handlungsort, völlig
fiktiv und aus der Luft gegriffen.

MIX
Papier aus verantwor-
tungsvollen Quellen
FSC® C014496
www.fsc.org

Lizenzausgabe im Ullstein Taschenbuch
1. Auflage September 2012
© für die Originalausgabe
Copyright © by CARLSEN Verlag GmbH, Hamburg 2010
Umschlaggestaltung: semper smile, München
Titelabbildung: © Carolin Wessel/verollet.de
Satz: Dörlemann Satz, Lemförde
Papier: Pamo Super von Arctic Paper Mochenwangen GmbH
Druck und Bindearbeiten: GGP Media GmbH, Pößneck
Printed in Germany
ISBN 978-3-548-28381-4

Für Johanni.

DIE WAHRHEIT ÜBER WRESTLING

Am Ende eines langen Sommertages, den ich, ausgestattet mit dem Tatendrang eines frisch diplomierten Naturforschers, an der frischen Luft verbracht hatte, griff meine Mutter beim Zusammenlegen meiner wahllos auf dem Kinderzimmerboden verstreuten Kleidungsstücke nichts Böses ahnend in meine linke Hosentasche und förderte eine gallertartige Masse zutage, die sich nach einem umgehend einberufenen Verhör als Schneckenkolonie herausstellte, welche ich zwecks noch durchzuführender wissenschaftlicher Untersuchungen in meiner Hosentasche zwischengelagert und dann dort vergessen hatte. So konnte ich meiner Mutter ihre in der ersten Schrecksekunde gehegte Befürchtung nehmen, es handle sich bei den Götterspeise gewordenen Schnecken-Torsen und den Splittern ihrer Häuser um Hirnmasse und Schädelteile eines Kleinkinds. Mit einem Seufzer und Sagrotan schrubbte sie meine Hose und dachte wehmütig an pränatale Zeiten zurück. Allerdings hätte sie vorgewarnt sein müssen: Am selben Ort hatte sie in unregelmäßigen Abständen bereits Vanilleeis, Milchzähne (nicht eigene) und einen toten Vogel gefunden.

Das Kind ist ein Wunder der Natur. In den ersten Lebensjahren wird es herumgereicht, fallengelassen, wieder aufgehoben und weitergegeben. Später, wenn es laufen kann, verliert man es leichten Herzens aus den Augen, da es dank des Gebrülls im Falle von Stürzen wunderbar zu orten ist. Da kann man vorher noch gemütlich den Kaffee austrinken, ohne sich vom ständigen Hinterherdrehen eine Nackenstarre zu holen. Dann entdeckt es plötzlich seine motorischen Fähigkeiten, beginnt auf Bäume zu klettern, herunterzufallen, Dreck zu essen und herunterzuschlucken, Scharfes, Brennendes, Ätzendes, kurz: gefährliche Fundsachen aller Art zu analysieren und zu katalogisieren, und das am liebsten im Magen-Darm-Trakt. Und so verleibt es sich dann sogar wirbellose Tiere ein. Denn das war natürlich mein Plan für die Schnecken gewesen. Ohne eine Geschmacksprobe war damals keine wissenschaftliche Untersuchung ernstzunehmen. Und trotz dieses aus erwachsener Sicht wie eine systematische Selbstverstümmelung wirkenden Verhaltens kam man in meiner Generation ohne nennenswerte Vergiftungen, Knochenbrüche und überhaupt Unfälle aller Art ins schulpflichtige Alter.

Und dort, in der Schule, ging es dann ja auch erst richtig los. Das System Schule an sich ist ein Wirt für Abscheuliches aller Art, der Seuchenherd schlechthin. Wäre ich das Robert-Koch-Institut, das deutsche Schulsystem stünde auf meiner schwarzen Liste ganz oben. Krankheiten sind das Einzige, was sich an Schulen noch schneller verbreitet als Musik-Sampler der NPD. Kein Wunder, dass Erziehungsberechtigte kaum abwarten können, die ihnen anvertraute Brut mit Serum vollzustopfen, als sei der Impfpass ein *Starbucks*-Bonusheftchen.

Dabei nahm man in meiner Generation als Kind ja noch dankbar jede Mainstream-Krankheit mit, die im Preis enthalten war. Und ich war an vorderster Front. Es war ein Wunder, dass mein Körper nicht pauschal implodierte. Meine englischen, französischen und deutschen Vorfahren, also die drei Komponenten des Blutes, das durch meine Adern fließt, haben sich jahrhundertelang bis aufs Messer bekämpft und werden heute eigentlich nur durch wirtschaftliche Interessen daran gehindert, sich weiterhin zu zerfleischen. Wie sollte ich denn da ernsthaft erwarten, zu funktionieren? Mein Immunsystem war permanent in einem bürgerkriegsähnlichen Zustand, und ich ein wandelndes Weltkriegsdenkmal. Meine Abwehrkräfte waren so sehr damit beschäftigt, sich selbst den Garaus zu machen, dass es keine Kinderkrankheit gab, die ich ausgelassen hätte. Masern, Windpocken, Röteln, Scharlach, Keuchhusten, selbst eine Vorhautverengung, was auch immer, Hauptsache Vollgas und vorzeigbar. Wer solch eine Krankheit und die entsprechenden Symptome – vor allem die Symptome, egal, ob Ausschlag oder Auswurf – vorzuweisen hatte, war ein Teil der Gesellschaft. Es durfte auch ruhig ein ganz kleines bisschen exotischer sein. Mumps zum Beispiel, Mumps war für die Akzeptanz auf dem Schulhof immer gut, allein schon aufgrund des Namens, toller konnte eine Krankheit gar nicht heißen, Mumps, wie wunderbar sich das allein schon aussprach, und nahm man die umgangssprachliche Bezeichnung Ziegenpeter noch dazu, war Mumps in der Welt der Krankheiten so ziemlich der Sechser im Lotto und konnte nur noch durch einen Bruch der Extremitäten übertroffen werden.

Zu exotisch durfte es dann aber auch nicht sein, und vor allem nicht chronisch. Eine Behinderung war ganz schlecht, die war uns äußerst suspekt, schließlich war rein äußerlich oft nichts zu entdecken, man musste einzig und allein der Aussage des Klassenkameraden vertrauen, er könne *wirklich* nicht laufen. Auch die bei dem einen oder anderen Klassenkameraden vorkommende chronische entzündliche Erkrankung der Atemwege wussten wir nicht so recht einzuschätzen. So war man sich bei den Asthma-Kindern nie hundertprozentig sicher, ob sie zu beneiden oder eher zu bemitleiden waren. Mein Klassenkamerad Christian war einer meiner besten Freunde, aber ein Idiot. Beim Bolzen bestand er partout darauf, die laufintensive Rechtsaußen-Position zu bekleiden, kam aber dank seines Asthmas keine drei Meter weit, ohne mit seinen letzten Worten nach einem Sauerstoffzelt zu verlangen. Andererseits gereichte ihm genau diese Tatsache zum Vorteil, wenn mal wieder ein öder Wandertag im Teutoburger Wald oder der Schwimmunterricht bei der vermutlich in einem syrischen Terrorcamp geschulten Sportlehrerin dräute; in diesen Momenten wünschten wir uns alle eine asthmatische Erkrankung. Christian hingegen, der Bill Gates der Bronchien, professionalisierte die asthmatische Mitleidstour und war in dieser Disziplin schon bald erfolgreicher als ein Rudel verwaister Eisbärbabys. Auch zog er sein Asthmaspray zum Leidwesen all seiner Feinde immer genau dann aus der Tasche, wenn er mal wieder mit Recht Klassenkeile kassieren sollte. Die vermaledeite Asthmahupe war sein letzter Strohhalm, aber ein Strohhalm, den wir in all seiner Feigheit als kleine Schwester der Himmler'schen Zyankalikapsel einstuften. Und so manövrierte sich Röchel-Chris irgendwann, lange nachdem sich unsere Bande aufgelöst hatte, selbst ins gesellschaftliche Abseits; wie ich hörte, arbeitet er heute als Abmahnanwalt.

Nein, mit Asthma war nicht zu punkten, dafür mit beinahe allem anderen, was das kindliche Immunsystem so hergab. Das waren wenigstens greifbare Krankheiten, mit denen konnte man arbeiten. Abstraktes wie Krebs oder AIDS war nicht relevant, eigentlich wussten wir noch nicht mal, was das war, dieses AIDS, es gab für uns nur zwei Kategorien, es gab Krankheiten und es gab diese dubiosen Sachen, über die Erwachsene sprachen. Klar, wir hatten wohl mitbekommen, dass unser aller Held des 92er Dream-Teams von Barcelona, Magic Johnson, HIV hatte, aber genauso gut hätte man uns erzählen können, dass er Aktien hatte, wir hätten kurz große Augen gemacht und dann weiter No-Look-Pässe geübt. Und Philadelphia, den guckten wir nicht, den aßen wir höchstens.

Erstmals wirklich mit AIDS konfrontiert wurde ich eines Abends, ich war elf Jahre alt. Zu der Zeit litt eine italienische Modemarke besonders akut an inkohärentem Denken und war zu dem kruden Schluss gekommen, dass es sich tatsächlich verkaufsfördernd auswirkte, in der Werbung auf die ureigene hässliche Mode zu verzichten und stattdessen ölverseuchte Vögel, dem Tode geweihte Menschen und blutverschmierte Uniformen zu zeigen.

An besagtem Abend saß ich auf dem Rücksitz unseres Familienwagens, mein Vater steuerte uns irgendwo hin und ich blickte – mangels eines Gameboys, von dem meine Mutter behauptete, dass er nichts könne, was nicht auch ein gutes Buch unter Zuhilfenahme meiner Fantasie zu leisten imstande wäre, ich folglich also keinen brauche, was, wie ich fand, eine sehr einseitige Sicht war –, ich blickte also nach draußen und erspähte den neuesten geistigen Erguss aus der Werbeabteilung der Italiener: ein menschliches Gesäß mit HIV-positiv-Stempel.

Mein Auge blieb hängen, ich drehte mich der vorbeiziehenden Werbung hinterher und schaute ein zweites Mal hin. Ich runzelte die Stirn. Ich rätselte, überlegte, wälzte mein junges Hirn hin und her, aber die Abkürzung wollte und wollte keinen Sinn ergeben. Rat musste her, und Rat suchte ich damals, als es weder Wikipedia noch *iPhone*, geschweige denn Wikipedia auf dem *iPhone* gab, natürlich bei Mutter.

Was denn HIV sei, fragte ich in die bis zu diesem Zeitpunkt für alle Beteiligten so angenehme Stille hinein.

Ich wuchs in einer Zeit auf, in der die Wahrscheinlichkeit, dass das Kind HIV-positiv aus der Schule nach Hause kam, anders als heute in manchen Berliner Bezirken verschwindend gering war. Elfjährige waren 1993 geistig wie sexuell eher so weit entwickelt wie heutige Vierjährige. Es war eine Zeit, in der Kinder noch keinen Schnick-schnack wie ADHS hatten, sondern höchstens schlecht erzogen waren. Überhaupt klang damals das Prädikat »heile Welt« trotz Solingen, Somalia und dem Massaker von Sochumi gar nicht so utopisch, immerhin war der Kalte Krieg ein Ding der Vergangenheit, und Israel und der Heilige Stuhl hatten gerade erst diplomatische Beziehungen aufgenommen. Eine Welt, so heile, dass PUR völlig ungestraft »Ich habe gut und gerne 5 Kilo Übergewicht, ein krummes Ding namens Nase ziert mein Gesicht, und wie ich an 'ne Frau wie dich komm', weiß ich nicht« dichten, es auch noch so meinen und dergestalt ihren Lebensunterhalt verdienen durften, während ein Jahr später O.J. Simpson wegen eines vergleichsweise banalen Doppelmordes durch halb L.A. gejagt wurde. Eine Welt, so heile, dass sich ein Erpresser allen Ernstes Dagobert nennen konnte und trotzdem als Gefahr für die Öffentlichkeit wahrgenommen wurde. Eine Welt, so heile, dass die Frage eines behüteten Kindes nach der Abkürzung HIV für eine Magenverstimmung sorgen konnte.

So wundert es kaum, dass meine Eltern bei meiner Frage kurz zusammenzuckten und diesen Blick austauschten, der wahlweise »Das ist deine Erziehung« oder »Das ist dein Sohn« bedeuten kann. Schließlich penetrierte meine Frage jenen Themenkomplex, dem Eltern bevorzugt mit zufällig im Kinderzimmer ausgelegten *BRA-VO*-Heften oder scheinbar willkürlich arrangierten Lernnachmittagen mit berüchtigterweise frühreifen Klassenkameraden auszuweichen versuchen. Und wenn alle Stricke reißen, haben auch Eltern ihr Asthmaspray: den Deus ex Machina aller Erziehungsberechtigten. Er wird vorzugsweise in Momenten eingesetzt, in denen es nur noch die Wahl gibt zwischen lückenloser sexueller Aufklärung und sofortiger Flucht nach Mexiko, und besteht in der Frage: »Mäuschen, was hältst du davon, wenn wir dir Samstag einen Gameboy kaufen?«

Ich weiß nicht mehr hundertprozentig, wie das Gespräch im Anschluss an meine Frage verlief. Meine Mutter passte wahrscheinlich steil auf meinen Vater, mein Vater vollendete den Doppelpass und dann Stille und so weiter und so fort. So oder ähnlich wird es wohl verlaufen sein, aber irgendwann wurde es tatsächlich wissenschaftlich, große Wörter wie Virus und Immunerkrankung wurden mir um die Ohren geknallt, mir schwirrte der Kopf, bis mein Vater das Lernergebnis der Vorlesung zusammenfasste, ein Fazit, so kristallklar und verständlich, dass selbst ein Elfjähriger wie ich es nachvollziehen konnte.

Oft, erklärte mein Vater am Ende seiner Ausführungen mit dem Gesichtsausdruck eines Mannes, der gerade einen Atombombenabwurf über seinem Haus überlebt hat und positiv überrascht zur Kenntnis nimmt, mit nichts weiter als dem Schrecken und einem kaum nennenswerten Schleudertrauma davongekommen zu sein, oft bekämen AIDS-Kranke einen einfachen Schnupfen und stürben daran.

Vielleicht war das der Moment, in dem ich meine kindliche Unbekümmertheit für immer verlor. Bis zu jenem Zeitpunkt war das Leben ein in sich abgeschlossenes Universum gewesen, ein Universum, dessen Naturgesetze der Fantasie und dem daraus resultierenden Handeln Narrenfreiheit garantierten und einem ermöglichten, den lieben langen Tag nichts anderes zu tun, als *Tim & Struppi* zu lesen, den *Revell*-Modellbaukatalog zu studieren und im Garten Fußball zu spielen, bis die Mutter einen reinrief und man widerwillig Folge leistete. Es war eine Ära, in der das Zähneputzen neben dem bösen Hausmeister die größte anzunehmende Bedrohung war und in etwa die Bedeutung der Ostfront für die Großeltern hatte. Die unschuldige Ära, in der der Sinn des Lebens war, dass alles einen Sinn hatte, war in dem Augenblick vorbei. Das Wort »endlich« hatte seinen starren, auf Positives wie »endlich schulfrei« beschränkten Kontext verlassen und das Leben an sich besetzt.

Denn in den nächsten Wochen litt ich bei jeder Erkältung Todesängste. Mir war klar: Ich würde es nicht mehr lange machen. Jeden Abend, wenn ich mich auszog, betrachtete ich meinen Hintern im Spiegel und war jedes Mal höchst erleichtert, dass das Jucken doch nicht, wie tagsüber befürchtet, auf einen plötzlich sichtbar gewordenen »HIV-positiv«-Stempel zurückzuführen war. Doch jeder Nieser verstärkte die traurige Gewissheit: Ich hatte vielleicht keinen Stempel, aber ganz sicher AIDS. Und so wurde meine Mutter eines Nachmittags erstmals in meiner Schullaufbahn zum Rektor meines Gymnasiums gerufen, weil ich mich an jenem Morgen mit triefender Nase, rot unterlaufenen Augen und Rotzfahne vor die Klasse gestellt und mich melodramatisch verabschiedet hatte: Ich käme nicht mehr wieder, ich hätte AIDS und würde in Kürze sterben. Was zur Folge hatte, dass Christines Vater bei meinen Eltern vorstellig wurde, da die Tochter weinend von einem Kuss mit mir berichtet hatte, bei dem man ganz fahrlässig das Kondom vergessen hatte, und jetzt habe sie auch AIDS und müsse sterben, aber ihr Pony, ihr Pony, wer würde sich denn um ihr Pony, und während meine Eltern noch auf Steuerbord damit beschäftigt waren, die in breiter Streuung anfliegenden Enterhaken erboster Klassenkameraden-Eltern abzuwehren, feuerte die Schulpflegschaftsvorsitzende auf Backbord aus allen Rohren und drohte mit Robert-Koch-Institut und ihrem Rücktritt. Und ich, ich saß allein und einsam in meinem Zimmer, verabschiedete mich von meinen Wrestling-Sammelkarten, die ich schweren Herzens meinem Bruder zu vermachen gedachte, und musste ohne Essen ins Bett.

Als sich irgendwann der Staub gelegt hatte, alle Parteien ihre Verletzten vom Schlachtfeld geholt und versorgt hatten und mir glaubhaft versichert worden war, dass ich mitnichten an AIDS litt, beschlossen meine Eltern, meine bohrenden Fragen zukünftig einfach zu ignorieren und meinen Wissensdrang der Braun'schen Eigenbewegung zu überantworten. Doch nur eine Woche und einen Elternsprechtag später überlegten sie es sich anders und traten die Flucht nach vorn an. Ungeachtet der Tatsache, dass wir in der Grundschule bereits ein Jahr zuvor in einer in Bezug auf die Schülerbeteiligung einen Meilenstein setzenden Biologiestunde von einer bei jeder Frage mehr und mehr errötenden und von jedem aufgezeigten Finger weiter überforderten Lehrerin mit frontalem Sexualunterricht beglückt worden waren und ich mir somit der Tatsache bewusst war, dass Jungs da unten etwas besaßen, was IKEA bei den Mädels vergessen hatte, waren meine Eltern wild entschlossen, ihren erzieherischen Auftrag auf den letzten in ihrer Reichweite liegenden Metern der Pubertät nicht zu vernachlässigen. Man hatte vor, mich aufzuklären.

Das Zeitalter der Aufklärung umfasste weite Teile des 17. und 18. Jahrhunderts. Man gab den Menschen die Zeit, sich den neuen Gegebenheiten anzupassen. Die Aufklärer wussten: Platz in eine kleine, aber feine Folterrunde und ruf »Hurra, Menschenrechte!« und die Stimmung ist versaut. Nein, solche gesellschaftlichen Umbrüche machen sich am besten im Schonwaschgang. Diesen pädagogischen Luxus wollten sich meine Eltern allerdings nicht gönnen. Außerdem mussten sie am nächsten Morgen früh raus.

An jenem Abend lockte mich mein Vater mittels einer außer der Reihe servierten Cola ins Wohnzimmer, pflanzte mich neben sich aufs Sofa, drückte mir das Buch *Ein Kind entsteht* in die Hand, öffnete es mittig und bedeutete mir zu fragen, wenn ich Fragen hätte. Ich schluckte. Ich hatte weniger Fragen als vor allem eins: große Augen. In seinem missionarischen Eifer bemerkte mein Vater nicht, wie sich die großformatigen und mit Sicherheit gut gemeinten Abbildungen von abscheulich aussehenden Embryonen, brutalst und blutig gedehnten weiblichen Schößen sowie frischgeschlüpften halberstickten blauen Babys durch meine kindlichen Augen in meine Erinnerung brannten und selbst meinen bisherigen persönlichen Maßstab für Horror, wahlweise der Tod von Bambis Mutter, der Kindesentführer aus *Tschitti Tschitti Bäng Bäng* oder die unheimlichen

Aussätzigen aus Ben Hur, pulverisierten. Was ich sah, klärte mich nicht auf. Ich war grundlegend traumatisiert. Schon wieder.

Denn keine zwei Jahre zuvor hatte mein Vater mir in einem Nebensatz auf der Fahrt in die Ferien enthüllt, dass die Wrestling-Kämpfe von Undertaker, Hulk Hogan & Co. doch bloß simulierter Unfug seien. Und auch wenn es mir die Köpfe, die trotz ruckartig auf ihnen geparkter Metallstühle nie bluteten, schon viel früher hätten verraten müssen – als ich das hörte, hatte ich in etwa ähnlich große Augen wie angesichts dieser ungeheuerlichen Enthüllungen den weiblichen Körper betreffend. Dieses teuflische Buch *Ein Kind entsteht* war ein Schlag ins Kontor. Wenn das, was ich in diesem Buch sah, dabei herauskam, wenn er sich auf sie legte und sich beide rhythmisch zu *Crazy for you* von David Hasselhoff bewegten, würde ich bis auf weiteres einen Riesenbogen um alles machen, was nichts Handfestes zwischen den Beinen vorzuweisen hatte.

Dass mein Mund irgendwann von selbst aufhörte, auf- und zuzuklappen, wertete mein Vater als vollendeten Fortschrittsbalken in Sachen Aufklärung, und dementsprechend zufriedengestellt und meinen Kopf tätschelnd stellte er das Buch ins Regal zurück, hielt dann jedoch kurz inne. Er runzelte die Stirn. Um ganz sicherzugehen, nahm er abschließend noch zwei Legosteine zu Hilfe, um den Geschlechtsakt mittels Ineinanderstecken der Elemente zu visualisieren; für seinen Hinweis, ich müsse mir einfach vorstellen, der klobige Sechserblock sei nur mal so als Beispiel Mama, handelte er sich seitens meiner Mutter böse Blicke ein.

Aber das war es wert, ich war endgültig aufgeklärt, nicht AIDS-krank, geschweige denn dem Tode geweiht, dafür Allergiker, denn meine chronische Erkältung stellte sich alsbald als Heuschnupfen heraus, und so verließ ich den Kreis der coolen Kinder wieder und rutschte hierarchisch nach unten – Heuschnupfen, was war das denn, das ist doch keine Krankheit, allein wie das schon heißt, Heu fressen Pferde, ha ha. Nach der niederschmetternden Diagnose setzte mich meine Mutter bei Röchel-Chris ab, wir spielten den Rest des Tages mit seiner SNES und ich durfte mir bis zum nächsten Schultag sein Asthmaspray leihen.

ALLES AUS LIEBE

Natürlich schwor ich den Frauen nicht ab. Ich hatte französisches Blut in mir, diese Tatsache ließ sich durch keinen Geburtsporno dieser Welt verdrängen. Dem Franzosen ist *l'amour*, was dem Deutschen sein Vollgas auf der Autobahn ist. Natürlich mag Richtgeschwindigkeit vernünftiger sein, aber seien wir ehrlich, volle Lotte mit allen Schikanen und Tragödien macht eben mehr Spaß. Wir Franzosen betrachten die Liebe als die lebenslange Suche nach der Richtigen und legen dabei eine herzerfrischende Einstellung an den Tag: Jede könnte die Richtige sein, und manchmal auch viele gleichzeitig. Während der Deutsche bei der Partnersuche am liebsten mit der Checkliste vorginge, sehen wir Franzosen in jeder Frau das Positive. Und nehmen in Kauf, dass die Suche nach der Richtigen ein langer, steiniger Weg voller Fehler, voller wunderschöner, hinreißender, uns und andere um den Verstand bringender Fehler ist. Wir können nicht anders. Wir lieben.

Mein steiniger Weg begann in der Grundschule. In der zweiten Klasse war ich mit Steffi zusammen, die gar nicht *so* hübsch war und die ich gar nicht sooo toll fand, aber es geschah, dass mein eigentlicher Schwarm Melanie sich für Wayne entschied, und Steffi war Melanies beste Freundin, was den wunderbaren Beigeschmack honigsüßer Vergeltung hatte. Und als mir dann Steffi aus den Herbstferien einen Brief schrieb, den sie mit dem Postskriptum *Ich und du, du und ich, kurz gesagt: Ich liebe dich* abschloss, wusste ich am ersten

Schultag auch nicht so recht, was ich ihr Schlaues und vor allem Negatives und vor allem wie erwidern sollte. Steffi wertete mein Schweigen als stille Zustimmung und Melanie nahm diese neue Entwicklung in der zweiten großen Pause ein wenig angefressen zur Kenntnis, denn in einem sind sich junge wie alte Frauen gleich: Auch wenn der unglücklich in sie Verliebte nicht den Hauch einer Chance bei ihnen hat – er ist und bleibt *ihr* unglücklich Verliebter. So steckte ich also urplötzlich mitten in einer frühkindlichen *Ménage à trois*, was mich völlig überforderte. Ich verarbeitete es, indem ich die *Ménage à trois* nach der Schule *Ménage à deux* sein ließ und mit Wayne bolzen ging, dem das sehr recht war, da nach seiner Aussage Melanies Küsse etwas unangenehm nach Spinat schmeckten. Dies ließ mich innerlich zur Erkenntnis kommen, alles richtig gemacht zu haben – Steffis Küsse, das hatte ich in der ersten großen Pause festgestellt, verhielten sich diametral zu Melanies und schmeckten ganz bezaubernd nach *Chupa Chups*. Und mir wurde schon ganz bald klar – in etwa zu dem Zeitpunkt, als ich, statt Hausaufgaben zu machen, prokrastinierend Hörspielkassettenvorlesern lauschte –, dass ich gerade dabei war, mich auf dem zweiten Bildungsweg Hals über Kopf in Steffi zu verlieben. Es dauerte nicht lange und sie war die Liebe meines Lebens. O zarte Sehnsucht, süßes Hoffen, der ersten Liebe gold'ne Zeit! Ich wusste genau, ich würde kein anderes Mädchen so sehr lieben können wie sie, keine andere würde je meine Augen vor Schönheit wieder so erblinden lassen können wie sie, es konnte nur sie sein, sie für immer.

Eines Tages in der dritten Klasse klingelte es zur nächsten Stunde, und Steffi und ich gingen händchenhaltend zurück in den Klassenraum, wo wir uns zu unseren jeweiligen Banden setzten. Dann betrat unsere Klassenlehrerin den Raum. Sie war nicht allein. An ihrer Seite das schönste Mädchen, dass ich je gesehen hatte. Der herbstlich verdunkelte Klassenraum wurde plötzlich von einem göttlichen Licht erhellt, alles war erleuchtet, aus dem Lautsprecher für Rektordurchsagen erklang ein *Halleluja* und die Luft roch plötzlich nach Vanille und allen schönen Sachen dieser Welt.

Das sei Sybille, sagte meine Lehrerin mit engelsgleicher Stimme, sie sei gerade mit ihrer Familie nach Bielefeld gezogen und ganz neu an der Schule, neben mir sei ein Platz frei, könne sie dort sitzen?

Erneut sang der unsichtbare Chor *Hallelu-* und beim *Jaaa!* stimmte ich mit ein. Warum nicht? Und sie, die Neue, sie lächelte mich an, wie mich nichts zuvor angelächelt hatte. Sie lächelte mich an und ich versteinerte und der Himmelschor kam aus seinem Crescendo gar nicht mehr heraus. Ich war hin und weg und wieder zurück, ich war verzaubert, Steffi vergessen und Sybille, von der ich auf Anhieb gewusst hatte, dass sie *die eine* war, fragte: Kann ich mal deinen *Geha*-Füller haben? Und ich dachte: Du kannst alles haben, alles was du willst, hier, behalt ihn, du ... du ... du ... Und ich hätte alles getan, ihr meinen geliebten Frühstückskakao geschenkt, jeden Morgen, auch samstags, aus eigener Tasche, von meinen 50 Pfennig Taschengeld pro Woche. Ich hätte ihr den Turnbeutel zur Schule und wieder zurückgetragen, ich hätte ihr ein Mixtape aus meinen Lieblings-Benjamin-Blümchen-Geschichten gemacht, auf der teuren Hi-Fi-Anlage meines Vaters, die ich gar nicht anfassen durfte. Ich hätte ihr sogar meine Wrestling-Sammelkarten geschenkt. Alle. Sogar die von Bret Hitman Hart und Machoman Randy Savage. Und vom Undertaker. Und ich liebte meine Wrestling-Sammelkarten. Aber sie,

sie liebte ich noch mehr. Sie war die Liebe meines Lebens. Und ich war bereit, mein Leben für sie zu riskieren.

Ich tat es eine Woche später. Denn ausgerechnet mein Klassenkamerad Andreas Baumann, mit drei Minuten Vorsprung ältester der Baumann-Drillinge, die in unserer Straße ein paar Häuser weiter wohnten, hatte gleichermaßen ein Auge auf Sybille geworfen, und als diese krank zu Hause blieb, meldeten wir uns überraschenderweise beide, als es darum ging, Freiwillige für den Hausaufgaben-Botengang zu finden. Was für alle Beteiligten außer natürlich unsere Lehrerin ein Problem darstellte, die salomonisch uns beide mit der Mission beauftragte. Dass wir beide bei ihr auftauchten, konnte nicht Sinn der Sache sein, das sahen Andreas und ich ähnlich.

Jeder von uns an einer Seite der Hausaufgabenmappe zerrend, verließen wir den Klassenraum.

Ich müsse da hin, rief ich, sie sei die Liebe meines Lebens.

Seine auch, antwortete Andreas.

Menno, erwiderte ich, er könne doch jetzt Steffi haben.

Aber Steffi möge Pferde.

Alle Mädchen mochten Pferde. Deswegen hießen sie ja Mädchen.

Aber Steffi *habe* ein Pferd.

Der Punkt ging an ihn, das sah ich ein. Sybille hatte immerhin kein eigenes Pferd. Mittlerweile hatte sich eine größere Gruppe Klassenkameraden um uns versammelt, und auch wenn die Hälfte nicht den blassesten Schimmer hatte, welches Liebesdrama gerade unser beider Herzen rasend klopfen ließ, sahen sie alle die Chance eines echten Kampfes, und diese Gelegenheit wollten sie nicht ungenutzt verstreichen lassen. Blut lag in der Luft. Es war die große Zeit des

Catchens oder *Ketschens*, wie wir damals Wrestling nannten. Und soviel war klar, dieser Disput konnte nur durch einen Wrestling-Kampf entschieden werden.

Wir waren damals alle *Marks*. Ein Mark war ein Wrestling-Fan, der glaubte, alles, was im Wrestling-Universum passiere, sei authentisch, alle Kämpfe, alles Blut, alle Verletzungen echt und Machoman Randy Savage heiße mit bürgerlichem Namen wirklich Machoman Randy Savage. Normalerweise nimmt der Anteil der Marks innerhalb der Zielgruppe ab, je älter sie wird, aber den einen oder anderen naiven Vollidioten findet man auch unter erwachsenen Menschen, vornehmlich im amerikanischen Süden. In unserer Klasse lag die Vollidioten-Quote noch bei hundert Prozent, zumindest bei uns Jungs. Mein Vater hatte mich noch nicht mit seiner Enthüllung traumatisiert. Wir verfolgten die Kämpfe nach dem Prinzip »What you see is what you get«, und was die hungrige Meute jetzt sehen wollte, war ein blutiger Kampf bis in den Tod. Was sie bekommen sollte, war genau das. In einem von blutrünstigen, johlenden Grundschülern begrenzten Ring musterten Andreas und ich uns böse und steckten mit vorsichtigen Schritten unser jeweiliges Revier im Viereck ab.

Er bringe mich um, zischte Andreas.

Ach ja, zischte ich zurück.

Ja, um bringe er mich, um.

Ach ja.

Ja.

Er konnte mir keine Angst einjagen. Ich hatte einen Plan. Ich wusste genau, wie ich diesen Kampf für mich entscheiden würde. Mein ganzes Leben lang hatte ich mich auf diesen Moment vorbereitet, unzählige Kämpfe geguckt, die Sammelkarten getauscht und geklaut, massenhaft Siege und gewonnene Gürtel in Gedanken ~~Melanie Steffi~~ Sybille, der Liebe meines Lebens gewidmet. Im Kopf ging ich schnell meine Strategie samt geplanten Kampftechniken durch. Mit einer pfiffigen Kombination aus einem *Bell Clap* und *Bionic Elbow* wollte ich ihn überraschen, so dass er schnell zu Boden ging. Das war der Idealfall. Bliebe er stehen, sah Plan B vor, dass ich seinen Arm packte, auf die Ringseile (i. e. meine Klassenkameraden) stieg und des Untertakers *Rope Walk* ausführte. Spätestens dann sollte Andreas auf dem Bauch liegen, woraufhin ich mit Anlauf einen *Legdrop* vornähme. Da ich nicht Hulk Hogan war, musste ich davon ausgehen, dass diese Aktion nicht als Finishing Move reichen würde, ich also zur Sicherheit einen *Crippler Crossface* und einen *Double-Handed Choke Slam* hinterherschieben müsste, um Andreas dann – wenn der ganze Zirkus noch immer nicht vorbei war – mit einem *Diving Elbow Drop* zu Ehren des Machomans abschließend den Garaus zu machen. Womit der Weg zu Sybille endgültig frei wäre. Ein todsicherer Plan. Ich hatte nicht den blassesten Schimmer, was ich da eigentlich so in Gedanken vor mich hin redete, aber unterm Strich bestand mein Plan darin, die Fäuste fliegen zu lassen, und das nicht zu knapp.

Ich sei tot, knirschte Andreas zwischen zusammengepressten Zähnen hervor, so gut wie.

Das wolle man ja erstmal sehen, knirschte ich zurück.

Keine Sorge, das werde ich.

Ach ja.

Ja.

Der Pöbel wurde langsam unruhig. Man verlor die Geduld. Blut wollte gesehen werden, doch was man sah war: Stagnation. Das Johlen und Anfeuern des Publikums waren einem unzufriedenen und ungeduldigen Raunen gewichen. Das Kampfgeschehen entsprach nicht dem Buhei im Vorfeld. Vom Ungemach unserer Zuschauer bekamen wir Protagonisten allerdings nichts mit. Seit gefühlten Stunden umkreisten wir einander, ohne auch nur die kleinste Bewegung in Richtung des anderen. Keiner wollte den ersten Schritt machen, die Deckung aufgeben, ich wog die ganze Zeit ab, mit welchem Angriff ich wohl zuerst rechnen müsste, und konnte mich nicht zwischen einem *Missile Drop Kick* und dem *Chop* entscheiden; ich musste mir eingestehen, Andreas' Sparring in letzter Zeit nicht mit der gebotenen Aufmerksamkeit verfolgt zu haben. Beide Angriffe, so viel war aber klar, waren denkbar, und beide erforderten solch abgrundtief verschiedene Abwehrmaßnahmen, dass es ein Dilemma war. Ich kam zum Schluss, dass die bessere Verteidigung im Allgemeinen ein Angriff und im Speziellen der *Backbreaker* sei, doch im selben Augenblick, als ich Andreas an den Eiern packen und hochheben wollte, verlor Wayne endgültig die Geduld und schubste Andreas nach vorn, und wie der Zufall es wollte, hatte Röchel-Chris auf meiner Seite dieselbe Eingebung gehabt, so dass Andreas und ich, gänzlich überrascht ob dieses gefährlichen Eingriffs in unsere Kampfhandlungen, völlig unkoordiniert ineinanderrasselten und zu Boden gingen.

Sofort war Stimmung in der Bude. Aus einem Zweikampf war ein Tag-Team-Battle geworden, über unsere ineinander verkeilten Körper hinweg bearbeiteten sich Wayne und Röchel-Chris mit allerlei Freistilkombinationen, wobei Wayne hauptsächlich wie ein Irrer seine Fingernägel in Röchel-Chris' Antlitz bohrte und dessen Technik wiederum im Wesentlichen aus dem Emporhalten seines Asthmasprays sowie der wichtigen Mitteilung bestand, er sei Asthmatiker, man schlage keine Asthmatiker. Derweil hatten Andreas und ich eine Etage tiefer jegliche Kampfdisziplin aufgegeben. Die gute Sammelkarten-Schule vergessend, versuchten wir zu retten, was zu retten, und zu töten, was zu töten war. Er beschränkte sich darauf, mir Locken büschelweise herauszureißen, ich war dazu übergegangen, ihn zu kitzeln; beides war so kraftraubend wie vergeblich – er war nicht kitzlig, und dort, wo selbst Friseure scheiterten, würde er erst recht kein Land sehen. Wayne und Röchel-Chris lagen mittlerweile unter uns und einer unidentifizierbaren Masse Klassenkameraden; aus einem Liebesduell war eine Massenschlägerei geworden.

Ey, rief plötzlich jemand.

Meine Faust blieb in der Luft hängen, alle blickten auf. Es war Matthias Baumann.

Ey, wiederholte er zur Sicherheit, das sei doch Quatsch, man wolle lieber in den Wald. Bäume treten.

Ich musste nicht lange überlegen. Ich stand auf, half Andreas Baumann auf die Beine, drückte ihm die Hausaufgaben für Sybille in die Hand und folgte seinem Bruder in den Wald. Röchel-Chris pfiff sich sein Asthmaspray rein und hechelte uns nach. Andreas schaute uns kurz hinterher, dann warf er Sybilles Mappe zu Torben-Mustafa und folgte Wayne. Der Wald rief. Bäume treten war unser neues Hobby. Die Dinge, die herunterfielen, wenn man gegen die Geschöpfe des Waldes trat, übten eine ungemeine Faszination auf uns aus. Egal zu welcher Jahreszeit – irgendetwas fiel immer herunter. Und wenn es mein kleiner Bruder war, den wir zum Spähen hochgeschickt und dort oben vergessen hatten. Ähnlich wie der Schneckenholocaust hatte auch unsere Gewalt einen rein naturwissenschaftlichen Hintergrund. Wir waren Naturforscher. Diesen Quatsch namens Liebe hatten wir mit Verlassen des Schulhofs vergessen. Manches war '89 so einfach.

WIE ICH MAL
DAS KYOTO-PROTOKOLL
ABLEHNTE

Ich war also Naturforscher. Immer ein eigenes Bild von allem machen, das war meine Devise. Die Skepsis war mein Hirte. Wie funktioniert dieses, warum funktioniert jenes, und vor allem: Warum funktioniert es nicht mehr, wenn man dieses entfernt und jenes hinzufügt? Schon mit zwei Jahren stellte ich die Gesetze Isaac Newtons in Frage. Wir lebten in Marseille, im achten Stock einer Plattenbausiedlung. Schwerkraft? Was sollte das denn sein? Das galt es herauszufinden. Im Rahmen eines komplizierten Versuchsaufbaus, der darin bestand, auf einen aus der Küche herbeigeschleppten Hocker zu klettern, mich auf die Zehenspitzen zu stellen und meine Hände über den Rand des Geländers zu strecken, warf ich Duplo-Steine vom Balkon.

Es werfe jemand Duplo-Steine vom Balkon, hörte ich meinen Vater aus der Wohnung erzählen, er sei fast getroffen worden, unerhört, bei der Höhe könne ein solcher Treffer durchaus tödlich sein. Denkbar knapp sei es gewesen, echauffierte er sich, eine bodenlose Frechheit, da trachte ihm jemand nach dem Leben, aber was erwarte man von einem sozialen Brennpunkt. Wo ich denn sei, fragte er, nachdem er sich beruhigt hatte, er wolle das Beinahe-Waisenkind in die Arme schließen.

Mein Vater erwischte mich in flagranti. Es war wahrscheinlich diese meine Aufgeschlossenheit, mein unbändiger Forscherdrang, der meine Eltern dazu trieb, mir ein Geschirr umzubinden und mich bei Spaziergängen anzuleinen – die Standardausrüstung britischer Eltern. Dieses Geschirr bestand im Prinzip aus einer an Hosenträgern befestigten, angemessen langen Leine, mit der ich mich mehr oder weniger frei bewegen konnte, ohne auf Nimmerwiedersehen unter den Achsen eines mit deutlich überhöhter Geschwindigkeit durch die Marseiller Straßenschluchten bretternden 30-Tonners zu verschwinden. Ich fand die Maßnahme großartig: Ich musste nicht ständig an der Hand meiner Eltern auf meinen jungen Beinen durch die Gegend torkeln, die Leine erweiterte meinen Aktionsradius wesentlich.

Als wir nach Bielefeld zogen, fanden wir eine Wohnung in der Sieker Schweiz, einem gutbürgerlichen Viertel im Südosten der Innenstadt. Unsere Straße lag an einem bewaldeten Hang, zwei Häuser weiter wohnten die Baumann-Drillinge, am Ende der Straße im Britenghetto lebte Wayne mit seiner Familie, und schräg gegenüber, auf der Villenseite unserer Straße, war das Haus von Röchel-Chris. Über uns allen thronte der Teutoburger Wald. Eine Welt voller Geheimnisse und Gefahren. Eine Welt, die nur darauf wartete, von uns entdeckt zu werden. Früher verbrachten die Kinder ja viel mehr Zeit in der Natur als vor dem Computer.

Früher verbrachten die Kinder viel mehr Zeit in der Natur als vor dem Computer, das ist eine Behauptung, die einen dazu bringen kann, dem Behauptenden mit nacktem Arsch und angezündetem Furz ins Gesicht zu springen. Denn diese Behauptung stellt den Sachverhalt grob vereinfacht dar.

Ich weiß das. Ich war dabei. Ich bin in diesem *Früher* aufgewachsen. Und wir hatten Natur. Wir hatten Natur und Tschernobyl. Natur war ungefähr das Gefährlichste, was wir letzten Kinder von Schewenborn dank der Wolke erleben konnten. Klar, es war nicht alles schlecht damals, nach Tschernobyl. 1986 blieb uns Gemüse weitestgehend erspart, und wir brauchten keine halluzinogenen Drogen, um bunt gefärbte Menschen mit bis zu drei überdimensional großen Köpfen bewundern zu können.

Aber es ist natürlich nicht kategorisch falsch, dass wir Kinder früher mehr Zeit in der Natur als vor dem Computer verbrachten. Dies war aber weniger auf die Natur an sich zurückzuführen als darauf, dass man damals, also früher, den Computer einschalten, in aller Ruhe die Schuhe zubinden, einen Spielkameraden suchen, in den Wald gehen, auf einen Baum klettern, herunterfallen, sich das Bein brechen, sich im Krankenhaus einen Gips anlegen, den Bruch auskurieren und wieder laufen lernen konnte, bevor das Gerät auch nur annähernd spielbereit war.

Und so überbrückten Röchel-Chris, Wayne, die Baumann-Geschwister und ich die Wartezeit an der frischen Luft mit allerlei in die Tat umgesetztem anarchistischem Gedankengut. Keiner unserer Eltern war bereit, uns teure Chemie-Experimentierkästen zu kaufen, und so, unserem Schicksal überlassen und bis Oberkante Unterlippe voll mit unbefriedigtem Tatendrang, erkoren wir Mutter Natur zu unserem überlebensgroßen Labor des Schreckens. Mit großem Interesse nahmen wir zur Kenntnis, dass die Welt da draußen mehr war als bloßer Hintergrund für Familienfotos – man konnte diesen Hintergrund verändern, man konnte ihn formen, man konnte ihn zerstören. Wir gründeten das erste zu 100 % biologische Abrissunternehmen. Die ganze Welt war unser Labor. Kein Baum, kein Strauch, kein Löwenzahn war vor uns sicher, von dem ganzen ekligen Krabbelgetier zu schweigen, welches überraschenderweise tatsächlich Beine brauchte, um sich fortzubewegen, und eine kuriose Abneigung gegen Lupen und Sonne hatte.

Es dauerte nicht lange und alles, was Gliedmaßen, Wirbel und das Glück hatte, zu mehr als bloßer Photosynthese fähig zu sein, war bei drei auf den Bäumen, sobald unsere Bande am Waldrand auftauchte. Heutzutage quälen Kinder, die sich langweilen, wehrlose Opfer im Einkaufszentrum oder irre Verirrte am Kottbusser Tor – wir quälten den Wald.

Und dann hatte Wayne die Idee mit der Rakete. Na ja, was heißt Idee, und was heißt überhaupt Wayne. Wir hatten in den großen Ferien alle *Reiseziel Mond* und *Schritte auf dem Mond* gelesen, die beiden besten *Tim-&-Struppi*-Bände aller Zeiten, und als Wayne eines Tages im Garten stand und rief: Lass 'ne Rakete bauen, sprach er nur aus, was wir ohnehin alle längst in Erwägung gezogen hatten. Wir waren natürlich sofort Feuer und Flamme. Jeder von uns hatte seine Gründe, zum Mond fliegen zu wollen. Mein Grund hieß Sybille. Noch immer hatte ich in ihrer Gegenwart kein Wort über die Lippen gebracht, ich war so verzweifelt wie verliebt. Irgend etwas musste passieren, und der Plan, mit einer Rakete zum Mond zu fliegen, kam mir gerade recht. Sybille hatte nämlich mal eine Postkarte in die Schule mitgebracht, die ihr ihre Tante aus Malta geschickt hatte. Sybille war sehr beeindruckt und sehr stolz auf diese Karte gewesen. Ich zählte eins und eins zusammen: Ich wusste zwar nicht exakt, wie weit weg Malta war, aber ich war mir relativ sicher, dass die Entfernung zum

Mond um Längen größer war. Und wenn ich Sybille eine Postkarte vom Mond schickte, wie beeindruckt wäre sie dann erst? Wir begannen, Pläne zu schmieden.

So kam es, dass wir der Experimente überdrüssig wurden. Und wir ließen verbrannte Erde zurück. Doch Mutter Natur, die Schlampe, vergaß nicht, und sie wusste sich zu rächen. Und zwar mit allen ihr zur Verfügung stehenden Mitteln – und vor allem an mir, wie es schien. Der Heuschnupfen, den ich zuerst für AIDS gehalten hatte, entpuppte sich als besonders perfide Laune der Natur, als ökologische Vendetta! Und Mutter Natur ließ nichts anbrennen – sie wollte nicht nur die Schlacht, sie wollte den Sieg. Fahrradausflüge durch Wind und Weide? Keine fünf Minuten unterwegs und ich meinte zu wissen, wie sich der geneigte Spaziergänger am 6. August 1945 um 8:16 Uhr in Hiroshima gefühlt haben musste.

Und Mutter Natur beließ es nicht bei Pollen. Nein, sie hatte generalmobilgemacht. Beim Allergietest sah mein Arm aus wie L.A. bei Nacht. Bäume, Gräser, Hunde, Katzen, Nagetiere, alle wollten sie nur das eine – und der Testballon war ich. Ich machte den Tieren keine Vorwürfe, waren sie doch bloß von der Natur für ihre Zwecke instrumentalisiert worden. Unzählbar die Nächte, in denen ich wie der Soldat auf dem *Platoon*-Filmplakat zu Boden sank, ein klägliches »Wa-hatschi-ruuum?« in den Himmel nieste und einen schnellen Tod herbeisehnte. Aber es gab keine Antwort und erst recht keine Erlösung. Denn meine Erzfeindin entdeckte, dass es viel mehr Spaß machte, mich auf ewig mit dem Heuschnupfen zu quälen, als mich daran sterben zu lassen.

Und Mutter Natur beließ es nicht bei allergenen Tieren. Da mein Opa zeitgleich Feriengäste beherbergte, mussten wir im Sommerurlaub 1992 auf das Haus einer mit ihm befreundeten Dame ausweichen. Dieses Ferienhaus befand sich weitab der Côte d'Azur mitten in einem Wald, und scheinbar hatten wir durch unseren Einmarsch das Revier von Frankreichs größter Mückenpopulation verletzt. Am Ende des ersten Abends zählte meine Mutter 50 Stiche an meinem Körper. An ihrem keinen einzigen, selbst mein kleiner Bruder beklagte bloß drei erfolgreiche Andockversuche der kleinen Vampire. Sie versuchte es mir mit süßem Blut zu erklären, das ich angeblich hatte und das mich angeblich liebenswert machte. Offenbar vor allem und ausschließlich für Mücken. Ich trank keinen einzigen Schluck des überzuckerten Erdbeersirups mehr, den die Franzosen so lieben und ahnungslosen Touristen hektoliterweise andrehen. Die Anzahl der Stiche verdoppelte sich trotzdem. Zu Zeiten der Pocken hätte man mich schon rein prophylaktisch vergraben.

Und Mutter Natur ließ es auch mit den Mücken nicht bewenden. Ihr Plan war, meine Lebensfreude endgültig zu unterminieren, meinen Willen völlig zu brechen, und so griff sie zum letzten, zum abscheulichsten aller Mittel, die ihr zur Verfügung stehen, ihre grausamste, subtilste Waffe, ihr Waterboarding: Phobien. Man denkt, man stirbt, aber man tut es nicht. Kein Mückenstich ist so schmerzhaft wie das Reißen der Fingernägel, wenn man sich am Rahmen der Balkontür festhält, um nicht durch die unheimliche Kraft der Gravitation über das Geländer des Balkons im ersten Stock gesogen zu werden. Nichts schmerzt so sehr wie der verächtliche Blick der Mitbewohnerin, bittet man sie darum, für einen auf den Stuhl zu klettern, um die Glühbirne zu wechseln. Höhenangst. Wahrscheinlich haben mich meine Eltern damals nach meiner Newton'schen Forschungsarbeit auch auf dem Balkon angeleint und ich habe das Bungee-Jumpen er- und für doof befunden.

Wenn's wenigstens nur diese eine Phobie wäre. Aber was die Angst betrifft, bin ich eher der Gemischtwarenladen. Was soll der Geiz?, dachte sich Mutter Natur wohl. Enge Räume lassen mich ebenso transpirierend zu Boden sinken wie die achtbeinige Wehrmacht. Acht Beine. Allein *diese Zahl* schreiben zu müssen öffnet der Panikattacke Tür und Tor. Unzählig die Gläser, die ich samt achtb... mehrbeinigem Inhalt wegwerfen musste. Ich hätte da nie wieder draus trinken können. Seit geraumer Zeit lebe ich bezüglich arachnoider Zeitgenossen streng nach der Maxime: Niemals im Erdgeschoss wohnen, Fenster und Türen geschlossen halten und zuerst schießen, dann fragen. Erblicke ich einen solchen Teufel, und sei es nur als festes Ensemblemitglied meines hypnagogen Gedankenguts, rufe ich als Erstes meine Mitbewohnerin. Ist die gerade katastrophalerweise nicht verfügbar, die Polizei. Reißen alle Stricke, sprich: Ist das Vieh immun gegen meine Midichlorianer und weigert es sich, freiwillig den Rückzug anzutreten, fange ich wie von Sinnen an zu schreien, suche dabei nach einem möglichst schweren und stumpfen Gegenstand und kloppe mit ihm auf dem Biest herum, bis es Matsch und seine Umgebung auf Jahre unbewohnbar ist – also im Prinzip der amerikanische Weg, Frieden und Demokratie in andere Länder zu bringen. Man sagt, so habe ich gehört, vielleicht ist es auch Quatsch, aber, na ja, wie oft hat man auch schon gedacht, ach Unsinn, der kleine leukämiekranke Junge stirbt schon nicht, wenn ich die E-Mail nicht an zehn Freunde weiterleite, aber weiß man's, mit Sicherheit, meine ich, steht ja dann nicht in der Zeitung: »Zehnjähriger stirbt an Leukämie, weil Mischa die E-Mail nicht an zehn Freunde weitergeleitet hat«, aber auf jeden Fall, so sagt man, habe der Mensch Angst vor Spinnen, weil ein Wesen mit mehr als vier Fortbewegungsextremitäten die Vorstellungskraft und Verarbeitungsfähigkeit eines humanoiden Hirns bei weitem übersteigt. Mehr als vier Arme und Beine, das ist nicht von dieser Welt, das ist unheimlich. Es ist also normal, Angst vor Spinnen zu haben. Was im Umkehrschluss bedeutet, dass Menschen ohne Angst vor Spinnen allesamt autistisch veranlagt oder zumindest Borderliner sind.

Jemand meinte mal zu mir: Aber Tausendfüßler. Tausendfüßler haben voll viel Beine mehr. Und da wusste ich nicht mehr, was ich sagen sollte. Ich habe keine Angst vor Tausendfüßlern. Ich habe einfach nur Arachnophobie, das reicht mir schon. Die ultimative Rache der Natur, ein verdammtes Schneeballsystem: Man hat Angst vor der Natur, weil man Angst vor der Natur hat. Scheißclever.

Ich wage es kaum auszusprechen, aber: Mutter Natur beließ es auch nicht bei Spinnen. Das Ganze schien allmählich zu einem »Ich packe meinen Koffer voll mit Sachen, die Mischa nicht umbringen, aber auch nicht härter machen«-Spiel der Elemente zu werden. Wir fuhren mit Familie Röchel-Chris in einen Kurzurlaub im Allgäu, was so sehr in die Hose ging, wie nur etwas in die Hose gehen kann, da unsere Eltern bereits nach dem ersten Abend feststellten, dass sie sich nichts zu sagen hatten. Ein gemeinsamer Kurzurlaub war eben etwas anderes als Small Talk auf dem Schulhof. Röchel-Chris und mich juckte das nicht; dafür juckte ihn bald etwas anderes, da der Kurzurlaub, wie gesagt, in die Hose ging. Buchstäblich. Wir bekämpften eine Horde Trapper in einem Waldstück, und mein Apachenbruder war auf einen Baum geklettert, um die Gegend auszuspähen. Ich hielt unten die Stellung, zum einen, weil ich auf die Pferde aufpassen musste, zum anderen, weil Höhenangst. Ob er etwas sehe, rief ich zu ihm hinauf. Nein, sagte er. Die Luft sei rein, wir seien in Sicherheit. Was sehr lustig war, da in dem Moment zwei Dinge passierten: Röchel-Chris schrie auf einmal wie am Spieß und fiel dann vom Baum direkt vor meine Füße. Nachdem ich erleichtert festgestellt hatte, dass er immer noch schrie, ergo noch lebte, und mir bei seinem Sturz ebenfalls nichts passiert war, versuchte ich festzustellen, was er denn habe. Mir gelang es, ihn so weit zu beruhigen, dass sein Gekreische in ein hilfloses Schluchzen überging, welches einen immerhin rudimentären Austausch von Informationen erlaubte. Ich verstand zwar nur »Aua«, »Wespe« und »Eier«, aber trotz grammatikalischer Sparflamme war mir klar, was passiert war: Er hatte Schmerzen, weil eine Wespe ihm in die Eier gestochen hatte. Bitter. Das kreative Vieh war wohl seine Hose hoch, durch den Eingriff in den Slip und hatte dann, wie aus dem Nichts, zugestochen, weil es sich von Röchel-Chris' Hoden provoziert fühlte.

Mittlerweile hatte sich ein kleiner Menschenauflauf um uns gebildet, Röchel-Chris' Geschrei hatte das Dorfvolk herbeigelockt und eine Horde bekittelter älterer Damen blickte auf uns herab. Röchel-Chris lag im Sterben und ich, guter Freund, der ich war, hielt seine Hand und leistete ihm in diesen schweren letzten Stunden Gesellschaft. Die Zuschauer waren vor allem ihm unangenehm, ich ignorierte Fragen zum Sachverhalt demonstrativ, aber man war offenbar nicht bereit, uns in diesem persönlichen Moment die angemessene Intimsphäre zu gönnen.

Die durchschnittliche Landwirtin aus dem Allgäu ist nicht doof. Selbst dieser dem Akademischen und Wissenschaftlichen von Haus aus abgeneigte Menschenschlag ist im Alltäglichen zu beachtlichen Transferleistungen fähig, vor allem, wenn sie ihm mittels Schlagworten wie »Autsch, meine Eier!« oder »Scheiß-Wespen!« auf dem Silbertablett präsentiert werden. Des Rätsels Lösung sprach sich in der Zuschauergruppe schnell herum, und genauso schnell waren die Notmaßnahmen eingeleitet. Ich wurde zur Seite gestellt, sieben bekittelte allgäuische Hofdamen stürzten sich auf Röchel-Chris, entfernten fachgerecht sein Beinkleid und machten sich ans Werk, zu retten, was zu retten war. Was auch dringend nötig war, sah es doch mittlerweile so aus, als habe Röchel-Chris drei Hoden. Die Not-OP lässt sich in etwa so zusammenfassen: Im Allgäu hält man es für die beste Methode, das Wespengift stante pede auszusaugen.

Röchel-Chris war nie mehr derselbe. Und ich habe seitdem auch Angst vor Wespen, auch wenn ich selbst noch nie gestochen worden bin. Röchel-Chris' Erfahrung war eine Warnung gewesen. Mutter Natur hatte mich auf dem Schirm. Sie hatte mir nochmal eine Gnadenfrist gewährt und mir einen Pferdekopf ins Bett gelegt. Ich war auf Bewährung. Und so verbringe ich seither die Sommer am liebsten im Haus, in einem klinisch versiegelten Haus, keimfrei und grundsätzlich bar jeden Lebens, das über meines und das mir vertrauenswürdig erscheinender Menschen und richtiger Tiere hinausgeht, oder, wenn sich *draußen* nicht vermeiden lässt, unter Kettenrauchern. Es ist mir ein Graus, wie die Biester ab Mai bis weit in den Oktober hinein um einen herumschwirren, mit diesem komischen Blick, *wir könnten, wenn wir wollten,* scheinen ihre Blicke zu sagen, *denk an Röchel-Chris.* Und ich weiß gar nicht, was das soll, dieses Um-

einen-Herumschwirren, die sollen den mir zugedachten Lebens-
raum respektieren, ich gehe doch auch nicht in den Wald. Nicht
mehr.

Schon bald begann ich, Natur grundsätzlich in Frage zu stellen. Ich
fühlte mich ungerecht behandelt. Ich appellierte an Mutter Naturs
Gnade, versuchte mich herauszureden, ich hätte nur Befehle ausge-
führt, vom Ausmaß nichts gewusst, sei doch nur Mitläufer gewesen.
Doch Mutter Natur lachte nur. Mitten in unserem Garten seien ganze
Blumenbeete von heute auf morgen verschwunden und ich wolle
davon nichts gemerkt haben? Lachhaft. Und die Rache ging weiter.
     Und so entdeckte ich die Vorzüge des Betons. Beton verwandelte
meine Augen nicht in einen Gauß'schen Weichzeichner, Beton
verhinderte, dass ich jeden Tag Red-Nose-Day feierte. Und so kam
mir eines Pollenflugs die Erkenntnis: Beton ist mein Freund. Beton
war die Zukunft der Menschheit! Ich hatte eine Vision, die Vision einer grauen Welt, ohne Bäume, ohne Gräser, nur Beton, Beton, wohin
das Auge reichte. Und ich wurde zum Antiumweltaktivisten. Meine
Hippiefreunde umarmten Bäume – ich umarmte Betonmischer. Ich
investierte mein gesamtes Taschengeld und kopierte die Gelben Seiten hundertfach, einfach so, und als der Copyshop-Betreiber irgendwann mahnte, ich möge an die Natur denken, lachte ich hysterisch
und warf fünfzig Pfennig nach. Ich schrieb offene Briefe an Südame-
rikas größte Holzproduktionsmonopolisten, sie möchten sich doch
bitte beeilen. Ich stellte mich mit Sprühdosen auf den höchsten Berg
der Stadt und feuerte das Ozonloch an. An dem Tag, an dem FCKW
verboten wurde, weinte ich. Ich kaufte mir Antifa-T-Shirts und
überklebte das Hakenkreuz mit dem Grünen Punkt.

Letztlich nützte alles nichts. Ich wurde dem Kyoto-Protokoll sein Stauffenberg: Egal was ich tat, die Natur überlebte. Ich war dabei, den Krieg zu verlieren, doch noch war die letzte Schlacht nicht geschlagen. Ich schwor weiterzumachen. Erst wenn der letzte Baum gerodet, der letzte Fluss vergiftet, der letzte Fisch gefangen wäre, erst dann wäre mein Kampf zu Ende. Aber es war ein Kampf gegen Windmühlen und die waren zu allem Überfluss aus Metall.

Und dann, eines Tages, entdeckte ich Antihistamine, den Mittelfinger des allergischen Mannes. Heute bin ich zwar medikamentenabhängig. Und gegen das delinquente Verhalten der Kreuchenden und Fleuchenden half es auch nicht, erst recht nicht gegen die Klaustrophobie. Ein Ausflug in die Natur bleibt bis heute Gefahrentourismus. Aber was tut man nicht alles für ein kleines bisschen Sex im Freien.

LOCAL BOY IN THE PHOTOGRAPH

Privatsphäre wurde in unserer Familie eher als Luxus denn als Grundbedürfnis betrachtet. Badete ich, konnte es gut sein, dass ein Familienmitglied hereinkam, höflich grüßte und sich aufs Klo setzte, während ein weiteres Familienmitglied am Waschbecken seine Fußnägel schnitt, vom Tag erzählte und beiläufig meinem ersten Schamhaar Applaus spendete, bis zu guter Letzt noch mein Bruder hereinplatzte und fragte, ob ich das Comic noch brauche. Heitere Stunden in trauter Vielfalt. Fanden alle super. Ich nicht so. Mutter hingegen erzählte mit Begeisterung, wie sie nach dem Krieg mit ungefähr zwei Dutzend Familien in einer Vier-Zimmer-Wohnung gelebt hatte und es für alle Beteiligten ein riesiger Spaß gewesen sei, vor allem am Waschtag, wenn alle nacheinander in dasselbe Badewasser stiegen. Mein Vater schwärmte vom alten Rom, wo die Senatoren ihre Ratssitzungen oft auf öffentlichen, nicht durch einzelne Kabinen abgetrennten Toiletten fortsetzten. Und meinem Bruder war es schlichtweg egal, wieviele Menschen ihn ins Badezimmer begleiteten, Hauptsache, er hatte was zu lesen. Ich für meinen Teil war weniger begeistert von so viel familiärer Nähe. Ich wäre durchaus gern im einen oder anderen Moment allein gewesen. Ich entdeckte die Vorzüge des Badeschaums. Und noch heute lehne ich das Konzept des öffentlichen Saunierens ab.

Aber was die eigene Scham und die der anderen betraf, war der

Rest meiner Familie ganz dem Geiste Woodstocks verpflichtet, und natürlich wurde ich ohne großes Nachfragen in Sippenhaft genommen. Unsere Wohnung war das MoFA: Museum of fragwürdig Art. Im Badezimmer hingen, für jeden Gast gut sichtbar, Nacktfotos von mir aus sämtlichen Entwicklungsstadien meiner Kindheit. Grundsätzlich weiß ich auch gar nicht, was diese ständige Fotografiererei der eigenen Kinder soll. Nicht, dass Eltern die Kinder anderer Menschen fotografieren sollten, das hat schon seine Richtigkeit, dass ihre eigenen Kinder das Motiv sind. Aber dieses Fotografieren. Grundsätzlich. Wenn ich mir meine Kinderfotos ansehe, dieses blasse, hasenbezahnte, nichtssagende Stück Hühnerbrust, dann sieht das für mich nach einer Zeit aus, die man am besten verdrängt und vergräbt und nicht zu einer Spiegel-Online-Bilderstrecke verarbeitet. Und immer nackt. Wozu kaufen Eltern eigentlich Kinderkleidung, wenn ihr nackter Spross das Erste ist, was Gäste in der Privatgalerie zu Gesicht bekommen? Die Fotografie und ich, wir wurden keine Freunde. Egal, wohin man kam, irgendwer versuchte einen immer in den ungünstigsten Momenten zu fotografieren, als sei das ganze Leben ein Catwalk.

Wahnsinn, sagte mein Kinderarzt.

So etwas habe er noch nie gesehen, fuhr er staunend fort.

Das müsse sie sich anschauen, rief er die Sprechstundenhilfe.

Wahnsinn, sagte die, als sie meines von Windpocken übersäten Körpers ansichtig wurde.

Das müsse er unbedingt fotografieren, rief mein Kinderarzt, sie möge doch die Kamera holen.

Wahnsinn, sagte die Sprechstundenhilfe, als sie mit dem Fotoapparat wiederkam und mit dem halben Wartezimmer im Schlepptau ins zehn Quadratmeter große Behandlungszimmer stolperte. Das müsse man sich anschauen. Fand ich nicht so.

Wahnsinn, sagte das halbe Wartezimmer. Ich sagte nichts. Ich stand einfach mitten im Behandlungszimmer, mit nichts anderem bekleidet als einer Unterhose und einem rot leuchtenden Pockenfell, und fühlte mich wie im falschen Film. Mein Kinderarzt fotografierte mich einmal rundherum. Wahnsinn, wiederholte er immer wieder. Das müsse er seinen Kollegen zeigen. Später verdiente er sehr viel Geld mit meinem Foto. Er verkaufte es an diverse Fachzeitschriften im In- und Ausland, machte einen Kuhhandel mit meinen Eltern und vermietete mich als lebendes Display für Fachtagungen und medizinische Messen. In Osteuropa wurde ich eine kleine Berühmtheit. Mein Ganzkörpergipsabdruck steht heute in der Charité in Berlin. Da wachte ich schweißgebadet auf. Die letzten vier Sätze waren Gott sei Dank nur ein Albtraum gewesen. Aber kurz danach wurde ich doch traumatisiert: Als ich meinen persönlichen Lady-Di-Moment hatte.

Am 31. August 1997 wickelte sich bekanntlich der Mercedes der Prinzessin von Wales, TPFKA Diana Frances Mountbatten-Windsor, um einen Tunnelpfeiler in Paris. Dummerweise saß sie drin. Und uns war's egal. Was soll ich sagen, wir waren Kids. Ich möchte zwar nicht so weit gehen und behaupten, wir hätten uns im Wortlaut dem Göttinger Mescalero angeschlossen und eine »klammheimliche Freude« ob ihres Todes verspürt, aber traurig waren wir auch nicht direkt. Es war mehr so, was auch immer, schalt mal auf VIVA, ach, scheiße, warum spiel'n die jetzt Elton John?

Später empfand ich dann doch noch so etwas wie Empathie. Allgemein wird angenommen, dass die Königin der Herzen sich auf der Flucht vor Paparazzi befand, als ihr Fahrer im Tunnel die Kontrolle über den Wagen verlor. Ich weiß genau, wie sie sich in den Minuten vor dem Unfall gefühlt haben muss. Ich weiß es ganz genau. Denn zehn Jahre zuvor hatte ich ganz Ähnliches erlebt.

Nach meiner Einschulung genoss ich allsonntäglich die elterliche Verkehrserziehung auf zwei bzw. in meinem Fall vier Rädern. Zwar bestand mein zukünftiger Schulweg im Prinzip bloß aus dem Überqueren einer verkehrsberuhigten Straße, und das Ganze ohne Rad, aber meine Eltern waren sich sicher, dass man nicht früh genug damit beginnen konnte, dem Spross die Rechts-vor-links-Regel zu erklären – rechtzeitig, bevor er sich auf dem Gefahrenherd Fahrrad von dannen bewegte.

Der Schulhof war ein Glücksfall für alle Verkehrspolizisten in der irdischen Hülle eines Erziehungsberechtigten in unserer Nachbarschaft. Jeden Sonntag trafen sich hier die aufgeregt schnatternden Väter des Viertels mit ihrem unglücklich dreinblickenden Nachwuchs im Schlepptau, dem es so gar nicht passte, dergestalt zur Schau gestellt zu werden. Das Schlimme war ja noch nicht mal, in aller Herrgottsfrühe aus dem Bett gescheucht zu werden; zum Fall für *amnesty international* wurde es erst durch den mit gelbem Filz verkleideten Styropor-Fahrradhelm aus dem ADAC-Sonderangebot, der auch genau so aussah und einem Wasserkopf sehr ähnelte. Das war nicht einer dieser modernen, teils sehr schicken Ultra-High-Tech-Fahrradhelme, mit denen man ein bisschen wie Lance Armstrong aussieht. Mit meinem sah ich aus wie der aufgedunsene Jan Ullrich, als ihn Lance Armstrong am Berg stehenließ. Unfassbar, dass irgend jemand diesen Helm für den Verkauf freigegeben hatte. Der Produktdesigner muss sich den hässlichsten Mitarbeiter des Unternehmens ausgesucht, von dessen Kopf eine Gipsform genommen und auf Basis dieser Form einen Helm entworfen haben. Kann man ja alles machen. Was aber völlig jenseits des Nachvollziehbaren liegt, ist, dass ein Unternehmensverantwortlicher sich bei vollem Bewusstsein das Unding angeschaut, genickt und *So, fertig* gesagt hatte. Und als letztes Glied bei dieser Verkettung höchst unglücklicher Umstände hatte mein Erzeuger dieses Meisterwerk in der Grabbelkiste beim ADAC entdeckt und als angemessen zur optischen Verschlimmbesserung seines Sprosses befunden. Endgültig zur Farce wurde es dann durch seinen passenden Partnerfahrradhelm – und er war zu Fuß da.

Verkehrserziehung war an diesen Sonntagen nichts weiter als ein Euphemismus. Viel zu voll war der Schulhof, auf meinen Runden entdeckte ich nicht nur sämtliche Spielkameraden, ich nahm auch argwöhnisch die Anwesenheit mir völlig unbekannter und suspekter Gestalten zur Kenntnis. Kurz: Es war mehr sommerliches Westhofener Kreuz als Nordschleife. Doch das war den Drill-Instruktoren nur recht, *the more, the merrier,* wie der Engländer im Allgemeinen und mein Vater im Besonderen sagt, dem das korrekte Verhalten in stressigen Straßenverkehrssituationen ein wichtiges Anliegen war. Leider hatte man die übermotivierten Väter der Chance beraubt, sich beim Entwerfen besonders herausfordernder Streckenpläne kreativ zu verwirklichen; die Schulverwaltung war ihnen zuvorgekommen. Das gesamte Straßennetz einer mittleren Kleinstadt im Vogtland hatte man auf dem Boden aufgezeichnet, samt großer Kreuzung, kniffliger Abbiegespuren, scharfer

Kurven und – mit ein bisschen Fantasie – schlecht einzusehender Verkehrssituationen. Gab ich in Bezug auf Letzteres zu bedenken, dass das gesamte Straßennetz in 2-D, die Kreuzung also mitnichten »schlecht einsehbar« war, ich entsprechend also, ohne zu stoppen und »21, 22« hatte gefahrlos abbiegen können, wandte mein Vater ein, dass ich mir das Haus / den Strauch / die Menschenmenge dazudenken müsse, es wäre schön, wenn ich wenigstens ein bisschen guten Willen bewiese, und überhaupt, ob ich vorhätte, auch im echten Leben einem Verkehrspolizisten mit ständigen Widerworten zu begegnen, da würde ich aber ganz schnell meine Grenzen kennenlernen, ganz schnell, und da wir schon beim Diskutieren seien, ob es übrigens nicht mal Zeit sei, die Stützräder abzumontieren. Nee.

Und so war es wieder mal Sonntag, wieder war es neun Uhr und ich wieder im Sattel. Vater war sehr zufrieden mit meinen Fortschritten, was ihn dazu bewogen hatte, eine Kamera einzupacken, um die Lernergebnisse für die Nachwelt festzuhalten. Und nein, ich dürfe auch für das Foto nicht den Helm abnehmen.

Also drehte ich brav meine Runden und fand schnell Gefallen am simulierten Straßenverkehr, doch jedes Mal, wenn ich mich gerade dem Fluss und dem Rausch der Geschwindigkeit hingegeben hatte, stand mein Vater da und zielte mit der Kamera auf mich. Das machte mich nervös und ich versuchte zu flüchten. Doch das Mädel vor mir ging nicht auf meine Rufe und mein Klingeln ein. Ich drängelte, wie es nur ging. An der Kreuzung stieg sie in die Eisen, und da ich dummerweise im selben Augenblick zurückschaute, um zu sehen, ob ich dem Paparazzo entkommen war, krachte ich scheppernd in ihr Fahrrad. Es entstand schwerer Sachschaden an ihrem Rücklicht. Wie gesagt, ich wusste genau, wie sich Lady Di gefühlt haben musste. Und als wäre das nicht schlimm genug, kam mir natürlich genau, als ich zu Fuß nach Hause ging, Steffi entgegen. Und ich mit dem Helm auf dem Kopf.

Schlimmer war nur dieser eine Moment ein paar Jahre zuvor gewesen, als die kleine Karolina und ich auf drei unsere Pyjamas lüften wollten. Karolina musste bei mir schlafen, da ihre Eltern Nachbarn meiner Eltern waren und unsere Eltern insgeheim den Plan hatten, uns irgendwann zu verheiraten. Da konnte es nicht schaden, die beiden Knirpse bereits im Vorschulalter miteinander vertraut zu machen.

Das erste Kennenlernen war nicht vielversprechend. Wir hatten uns nicht viel zu sagen und fanden die Situation beide doof. Ich zeigte ihr meine *Matchbox*-Spielzeugautos und sie gab mir zu verstehen, dass sie *Hotwheels*-Autos besser finde, da ihr Bruder *Hotwheels* habe. Unfassbar! Eine *Hotwheels*-Braut! Ich war entsetzt, dass meine Eltern mir so etwas angeschleppt hatten. Den Rest des Nachmittages saß ich in einer Zimmerecke mit meinen *Matchbox*-Autos, in der anderen saß Karolina und spielte mit meinem Bruder, der noch ein Baby war, Familie. Das Eis war das genaue Gegenteil von gebrochen, es war ein Gletscher. Schließlich gab es in der Kindheit und Jugend noch Prinzipien. *Matchbox* oder *Hotwheels*! *Jeanssparen* oder *Knax-Sparbuch*! *Amiga 500* oder *C64*! *Bofrost* oder *Eismann*! Mit einer Entscheidung konnte man so viel falsch oder eben auch alles richtig machen. Man hatte die Wahl, aber genau diese Wahl entschied über die gesellschaftliche Zugehörigkeit. Und Karolina hatte sich mit ihrer Wahl eine gemeinsame Zukunft auf ewig verbaut.

Ich war heilfroh, als es endlich Bettzeit war. Doch zu meinem Grausen hatten unsere Eltern die glorreiche Idee, das Gör in meinem Bett schlafen zu lassen. Ein Skandal! Das einzige weibliche Wesen, das damals mein Bett bevölkerte, war meine Teddybärin Aika. Ich flüsterte ihr ins Ohr, dass sie nicht eifersüchtig sein müsse, sie werde immer die Liebe meines Lebens bleiben, ich könne nichts dafür, dass Karolina neben mir schlafe. Überhaupt Schlaf, auf einen schnellen hoffte ich, damit dieser Albtraum endlich aufhöre.

Aber natürlich war ich noch nicht müde. Mit offenen Augen starrte ich in die Dunkelheit. Auch Karolina war nicht müde. Als meine Mutter uns beiden einen Gute-Nacht-Kuss gegeben hatte und verschwunden war, hörte ich ein Rascheln und spürte eine Bewegung neben mir, und plötzlich hatte ich eine kleine Mädchenhand in meinem Schritt.

Sofort saß ich kerzengerade im Bett und schaltete mein Licht ein.

Was zur Hölle, fragte ich sinngemäß mit hochrotem Kopf.

Och, sie wolle mal fühlen, sagte sie und griff noch einmal beherzt zu.

Ich zog ihre Hand weg. Missmutig guckte sie mich an.

Sie wolle doch wirklich nur einmal anfassen, bettelte sie, das sei doch lustig. Ich beschloss, mich durchzusetzen.

Anfassen sei nicht, aber ob sie mir ihres zeige, fragte ich Karolina. Ich zeige ihr dann auch meins. Auf drei?

Karolina musterte mich einmal von oben bis unten, so wie es nur Frauen können und wie sie es vermutlich schon machen, wenn sie frisch geboren den Arzt erblicken.

Nee, sie wolle nur anfassen, gucken wolle sie nicht. Sie kenne meins ja schon, sagte sie trocken. Ich hinge ja nackt im Badezimmer.

MEIN KLEINER BRUDER

Mein Bruder sah mit sechs Jahren aus wie Tim von *Tim & Struppi*. Na ja, was heißt *sah aus wie*, er sah nicht wirklich so aus, aber ich dachte, dass er so aussah. Wobei ich weniger dachte, als vielmehr wollte, dass er aussah wie Tim. Weil er eben nicht so aussah. Er sah eigentlich genau überhaupt gar nicht aus wie Tim; wenn man drüber nachdenkt, sah er aus wie das genaue Gegenteil von Tim. *Das genaue Gegenteil* ist womöglich jetzt auch übertrieben. Er sah einfach nicht aus wie jemand, bei dem man auf den ersten Blick sagte, Knaller, also, der sieht ja mal aus wie Tim von *Tim & Struppi*.

Also nahm ich den Langhaarschneider meines Vaters und rasierte meinem Bruder den Kopf, genau so, wie er es wollte. Ich meine, was heißt, *wie er es wollte*, wie ich halt dachte, dass er es wollte. *Dachte* ist jetzt vielleicht auch ein zu starkes Wort. Ich habe gar nicht drüber nachgedacht. Beziehungsweise nicht drüber nachgedacht, was *er* wollte. Ich war sehr konzentriert und er war gefesselt und geknebelt. Wobei *konzentriert* vielleicht nicht ganz richtig ist. Ich vergaß, Tims charakteristische Tolle dran zu lassen. Sagte ich *vergaß*? Ich schaute aus dem Fenster. Ich dachte, ein Eichhörnchen gesehen zu haben. Hatte mich vertan.

Ich habe dann ein Büschel Haare mit Sekundenkleber wieder drangeklebt. Ich fand die Idee charmant, dass mein Bruder wie Tim von *Tim & Struppi* aussähe, wenn er eingeschult würde. Obgleich, wenn man's wirklich wissen will, ich eigentlich gar nichts fand. Mir war einfach nur langweilig. Die Sommerferien zogen sich. Es regnete.

Mein Bruder wurde dann erst im folgenden Jahr eingeschult. Er war der Größte in der Klasse und kam relativ hänselfrei durch die Schulzeit. Bin ich eigentlich der Einzige, der Sachen auch mal positiv sieht?

Vermutlich hatten meine Eltern etwas anderes als einen Crashtestdummy für meine verqueren Experimente im Sinn gehabt, als sie mir einen Spielkameraden in Form meines Bruders zeugten. Kurz nach meiner Geburt hatten wir das dank spanischer Impertinenz zu einer Gefängnisinsel gewordene Eiland Gibraltar verlassen und waren die ersten drei Jahre meines Lebens auf der Suche nach Arbeit für meinen Vater wie die Zigeuner durch halb Europa geirrt, bevor wir dank der Vermittlung von Bekannten in Bielefeld landeten. Ich weigerte mich zunächst strikt, mich in irgendeiner Form einzuleben – wir würden ja ohnehin nach spätestens zwei Wochen wieder umziehen. Als nach einem Monat irritierenderweise noch immer kein Ortswechsel im Raum stand, fragte ich vorsichtig beim Familienvorstand nach, ob dieses Bielefeld jetzt wohl dieses Zuhause sei, von dem alle sprachen – eine Frage, die meine Eltern beunruhigte, lag ihnen doch nichts ferner, als ihren Erstgeborenen zu einem rast- und heimatlosen, getriebenen und beziehungsunfähigen Einsiedler zu machen. Während der Wanderjahre hatte ich zarte zwischenmenschliche Bande stets sofort wieder durchtrennen müssen und mich so mit drei Jahren innerlich schon vom Konzept Freundschaft verabschiedet. Außerdem war ihnen nicht entgangen, dass ich mit mir selbst redete. Nicht selten hatten sie im Türrahmen meines Zimmers gestanden und mit einem unguten Gefühl in der Magengegend beobachtet, wie ich mitten im Raum saß, in die Leere sprach und offensichtlich Antworten erhielt. Zwischendurch lachte ich und hörte gar nicht mehr auf. Und da man nun befürchtete, mich irgendwann auf einer Therapeutencouch wiederzusehen, beschloss man, mir als kleine Aufmerksamkeit des Hauses einen Freund zu schenken. Auftritt: mein Bruder.

Eines Nachmittags im Frühsommer, ich war drei Jahre alt, nahmen mich meine Eltern zur Seite, umarmten mich, gaben mir einen Kuss und teilten mir mit, dass sie mich sehr lieb hätten. Das wüsste ich, oder? Ich nickte. Sie seufzten, schauten sich gegenseitig an und wandten sich dann mit einem breiten Lächeln im Gesicht wieder mir zu.

Sie wüssten, erklärten sie, was ich alles in letzter Zeit hatte durchmachen müssen. Das sei alles gar nicht so leicht zu verarbeiten gewesen, auch nicht für sie, und wie schwer es dann erst für einen kleinen Kerl wie mich gewesen sein müsste.

Weil ich dachte, dass das gerade gut passe, versuchte ich möglichst mitleiderregend dreinzuschauen. Meine Eltern blickten sich vielsagend an und seufzten.

Die ständigen Umzüge, zählte mein Vater auf, die neuen Sprachen.

Andauernd andere Wohnungen, fuhr meine Mutter fort, immer fremde Betten.

Dieser bürokratische Wahnsinn.

Diese verdammte berufliche Unsicherheit.

Und José.

Hä?

Was fürn José, fragte ich ratlos nach.

José, rief meine Mutter, der Freund, den ich in Perpignan gehabt hätte.

Ich guckte wie ein Auto.

Mit dem ich immer im Hof gespielt hätte. Von dem ich mich so tränenreich verabschiedet hätte.

Ich konnte mich weder an diesen ominösen José noch daran erinnern, dass wir mal in Perpignan gelebt hatten. Menschen und Orte waren bis zu diesem Zeitpunkt bloß Schall und Rauch gewesen.

Wie dem auch sei, setzten meine Eltern ihre Rede zur Lage der Nation fort, sie hätten sich überlegt, dass es doch schön für mich wäre, einen Spielkameraden zu haben, einen Freund, der immer da sei, egal, wohin man zog.

Mein stolzer Vater hielt es nicht länger aus.

Mama sei schwanger, platzte es aus ihm heraus, ich bekäme einen Bruder.

Ich jubelte und freute mich. Ich hatte schon viel von diesen Brüdern gehört, sollte wohl ganz gut sein. Meine Freude kam bestens an.

Wann er denn da sei, fragte ich interessehalber. Mir waren spontan tausende Sachen durch den Kopf gegangen, die man mit solch einem Bruder anstellen könnte, und ich konnte es kaum erwarten, mindestens die Hälfte dieser Pläne in die Tat umzusetzen.

In ungefähr sieben Monaten, bekam ich zur Antwort.

Was? Sieben Monate? SIEBEN? Also nie! Ein Monat allein war schon nah dran an der Unendlichkeit, Tage waren wie Jahre, und wenn ich darauf wartete, dass wir in den Tierpark gingen, flossen fünf Minuten so zügig dahin wie ein Gletscher vor dem Klimawandel. Und jetzt sollte ich auch noch sieben von diesen Monaten auf meinen Spielkameraden warten. Ich fühlte mich wie ein Esel, der sein ganzes Leben hinter einer Möhre hertraben musste, im vollen Bewusstsein, sie nie zu erreichen. So ein kleiner Bruder war eine verdammte Mogelpackung, soviel stand fest.

Und dann, als man nicht mehr damit rechnete, war der große Tag da, an dem der kleine Bruder zur Welt kommen sollte. Man freute sich, aber was bekam man? Fünf Pfund brüllendes Gehacktes, mit dem man alles Mögliche tun, aber sicher nicht spielen konnte. Kein Wunder, dass man auf unbestimmte Zeit das Interesse verlor. Zumal man jedes Mal, wenn man sich diesem unheimlichen rosa Ding näherte, ermahnt wurde, vorsichtig zu sein und nichts kaputtzumachen und, hey, bloß nicht am Kopf anzufassen, der Schädel eines Babys sei offen.

Ich horchte auf. Der Schädel eines Babys war offen? Im Sinne von nicht zu?

Mein Bruder habe ein Loch im Kopf, erzählte ich den Baumann-Geschwistern.

Kein Scheiß?

Kein Scheiß.

Zeigen.

Fünf Minuten später saß mein kleiner Bruder fixiert im Hochstuhl. Wir standen hinter ihm und beäugten kritisch seinen Kopf.

Wo denn das Loch nun sei, fragte Andreas.

Hm, sagte ich stirnrunzelnd, ich könne schwören, dass meine Mutter gesagt habe, sein Kopf habe ein Loch. Es müsse irgendwo am Hinterkopf sein.

Vielleicht müsse man erstmal die Haut wegmachen, schlug Michael Baumann vor.

Ja, pflichtete Andreas ihm bei und leuchtete mit seiner Taschenlampe auf eine Stelle am Hinterkopf meines Bruders, die er mit einer Lupe begutachtete, dort scheine die Haut dünner zu sein, vielleicht könne man da ansetzen.

Er erhoffe sich vom Einblick auch neue Erkenntnisse für die Forschung, merkte Matthias an, es ließen sich womöglich Rückschlüsse auf das menschliche Verhalten ziehen.

Halt die Fresse, sagte Andreas.

Es schien, als hätten wir keine Wahl. Mein Bruder musste geöffnet werden.

Gute Idee, sagte ich, ich hole schnell einen Korkenzieher, es müsse doch möglich sein, in das Hirn hineinzuschauen.

Wozu ich einen Korkenzieher haben wolle, fragte meine Mutter argwöhnisch.

Experimente, antwortete ich unverbindlich.

Experimente, wiederholte sie und hob ihre linke Augenbraue. Ihre Skepsis war nicht unberechtigt, sie kannte die »Experimente« ihres Sohnes zur Genüge. Meine Mutter fühlte sehr mit Blaise Pascal, der mal gesagt hatte, das Unglück des Menschen sei einzig darauf zurückzuführen, dass er nicht ruhig in seinem Zimmer sitzen könne.

Apropos Experimente, sagte meine Mutter und stand plötzlich wie von der Tarantel gestochen auf, wo mein Bruder denn sei, sie wolle mal lieber nachschauen, was wir so trieben, es sei die letzte Viertelstunde verdächtig leise gewesen, ich solle nichts kaputtmachen, sein Schädel sei ja noch nicht zugewachsen.

Wir konnten dieses Gerücht nie überprüfen, meine Mutter

brachte Beweisstück A in Sicherheit, sie hatte den Fund der Schne-ckensplitter noch nicht verdaut gehabt. Unser Wissensdrang konnte nicht gestillt werden, denn kurz darauf war mein Bruder kein Baby mehr. Und von der *Was-ist-Was*-Redaktion erhielten wir bis heute nie eine Antwort auf unseren Brief.

DER SCHMETTERLINGSEFFEKT

Ob sie das ernstmeine, hakte ich nach, als wir im *Vedes*-Spielwaren-laden vor dem Regal mit den Matchbox-Autos standen.

Ja, sagte meine Mutter.

Wenn ich also die Verpackung der Spielsachen hier im Geschäft aufreiße, rekapitulierte ich, komme meine Mutter nicht drum herum, die Spielsachen zu kaufen.

Ja, sagte meine Mutter. Ich solle also bloß aufpassen, wenn ich was in die Hand nehme.

Wir gingen an dem Nachmittag mit vier neuen *Matchbox*-Spielzeugautos nach Hause. Und ich sah in der nächsten Zeit weder eines davon wieder noch ein Spielzeugfachgeschäft von innen.

Nicht nur deshalb war es das Größte überhaupt für mich, als meine Eltern mir die große LEGO-Polizeistation schenkten. Ich war mir der Tatsache bewusst, dass meine Eltern im Allgemeinen nicht so viel Geld besaßen und dass ich, obgleich wir alles hatten, was wir brauchten, und noch ein bisschen mehr, in meinem ganzen Leben nie so viele Spielsachen besitzen würde, wie Röchel-Chris an einem Weihnachtsfest geschenkt bekam. Auch neue Klamotten gab es nicht allzu oft, ich durfte die Hosen und Hemden der älteren Kinder von Freunden meiner Eltern auftragen. Da wüchse ich rein, war der Satz, den ich in der Zeit am häufigsten hörte. Viel mehr interessierte mich, wann ich da wieder rauswüchse.

Der LEGO-Katalog war mein West-Fernsehen. Ich sah mich in einer

Reihe mit Moses, dem Gott das Gelobte Land von weitem zeigte, nur um anschließend laut aufzulachen und ihm zu offenbaren, dass er und sein Volk noch 40 Jahre durch die Wüste dilettieren müssten, bevor sie es betreten durften, und, ach ja, er, Moses, und das sei überhaupt der Gag, pass auf, wahre Geschichte, er, Moses, müsse dann draußen bleiben. Wie ein Schwamm sog ich die bunten Bilder wunderbarer feuchter LEGO-Jungenträume auf, malte mir in Gedanken aus, wie das wäre, eines dieser Weltwunder zu besitzen, und schaute sie mir dann am nächsten Tag bei Röchel-Chris in echt an. Röchel-Chris hatte alles. Sein Vater besaß eine gut laufende Anwaltskanzlei und kompensierte die Zeit, die er nicht zu Hause mit der Familie verbringen konnte, durch Geschenke. Einmal begleitete ich seinen Vater und ihn zu Toys R Us. Die beiden spielten Weihnachten, obwohl Hochsommer war. Ich konnte es nicht fassen. Als Röchel-Chris nach zwei Stunden den Einkaufswagen vollgepackt hatte, erlaubte mir sein Vater, mir auch noch was auszusuchen. Ich fühlte mich wie ein sudanesisches Kind, das einem UN-Hilfskonvoi hinterherläuft. Nie zuvor war mir bewusster gewesen, dass wir auf zwei verschiedenen Straßenseiten wohnten. Als ich abends nach Hause kam, sagten meine Eltern, dass ich mir nichts draus machen solle, Geld allein mache nicht glücklich, und dann zitierten sie sinngemäß Nietzsche, dass man oft nicht zu schätzen wisse, was man teuer kaufe, weil man zum Beispiel nicht mit Liebe darauf hingespart habe, es Röchel-Chris ergo schlechter gehe als mir, da er immer alles sofort bekomme, es sei doch so viel schöner, auf etwas warten zu müssen, oder noch besser, selber basteln, dann habe man noch die schöne Erinnerung daran. Außerdem habe er keinen Bruder, und sowas könne ja durch kein Geld der Welt ersetzt werden.

Nun aber saß ich seit mehreren Stunden vor der versiegelten Packung der Polizeistation und konnte mein Glück kaum fassen. Es war das beste Geschenk aller Zeiten, und ich war meinen Eltern unendlich dankbar. Ich ließ mir richtig viel Zeit beim Aufbau. Ich schaute mir, so lang ich es irgendwie aushielt, die einzelnen Bauanleitungsabschnitte an und betrachtete jeden Stein von allen Seiten, ich roch an ihnen. Selbst der Duft neuer LEGO-Steine war ungewohnt – die meisten meiner Teile waren secondhand.

Als ich die Station endlich fertiggebaut hatte, war sie größer, schöner, wunderbarer, als ich sie mir in den kühnsten Träumen vorgestellt hatte. Es war das Beste, was ich je besessen hatte, diese Polizeistation war mein Schatz. Stolz zeigte ich sie Röchel-Chris. Und er war beeindruckt. So beeindruckt, dass er fünf Minuten später aus Unachtsamkeit über sie rübertrampelte und komplett zerstörte, weil er es schaffte, mit seinem fetten Hintern und der Station Dresden zu spielen.

Natürlich war das keine Absicht. Aber in dem Augenblick kulminierte all mein Sozialneid auf Röchel-Chris' immense und völlig absurde Spielzeugsammlung und meine Wut über seine unbedachte Rücksichtslosigkeit in jenem Bild, wie er mit seinem verwöhnten Einzelkindarsch mitten in der Ruine meiner Polizeistation saß und nach dem ersten Schrecken zu lachen anfing. Und dann sagte er diesen einen Satz, der mich ideell in die Arme der RAF schickte: Ich solle mir nichts draus machen, sein Papa kaufe mir eine neue Station.

Meine Hände und mein Gesicht ballten sich zu Fäusten, ich kniff meine Lippen zusammen und Tränen schossen mir in die Augen. Zwei Minuten später bewahrten mich meine Eltern vor meinem ersten Mord und trennten uns Streithähne. Mutter brachte Röchel-Chris vorsorglich nach Hause und mein Vater zeigte mir, dass wir die Station in einer halben Stunde wieder zusammengebaut bekommen konnten.

Doch ich war nicht zu beruhigen. Ich wollte Rache. Ich wollte Röchel-Chris auch was Böses. Er hatte mir das Liebste genommen und das musste gesühnt werden. An jenem Abend kniete ich mich vor mein Bett und betete zu Gott. Ich erzählte ihm, dass die LEGO-Polizeistation das Schönste war, was ich je besessen hatte, und mein Vater ganz lange für sie hatte arbeiten müssen, und Röchel-Chris habe sie zerstört, und um der Gerechtigkeit willen bat ich Gott darum, dass er auch Röchel-Chris das Liebste, was dieser besaß, nehmen solle. Amen.

Die Wege des Herrn sind unergründlich. Zwei Wochen später wurde bei Röchel-Chris' Mutter Krebs diagnostiziert. Und ich betete nie wieder. So hatte ich das doch auch wieder nicht gemeint. Ich hatte ja mehr an seine *Karate-Kid*-Videokassetten oder Ähnliches gedacht. Offenbar war das Gebet eine zu mächtige Waffe in der Hand eines Achtjährigen.

Bis zu dem Zeitpunkt hatte ich das Gebet ohnehin eher defensiv eingesetzt. Wenn ich betete, gab ich mir meist selbst Antwort, der kurze Dienstweg war praktisch und perfekt auf mich zugeschnitten. Und Gott hatte die Stimme von Hans Paetsch. Ansonsten fand ich Beten immer sehr bizarr. Wenn meine Eltern mit uns Kindern beteten, schaute ich ihnen immer dabei zu, wie sie ihre Köpfe gesenkt hielten, und stellte mir vor, wie ich währenddessen »Der Plumpsack geht um« spielte. Ich hatte offensichtlich schon damals innerlich mit dem Thema Religion abgeschlossen – und nicht erst, als ich mir im Rahmen meiner Findungsphase ein Buch über den Buddhismus aus der Schulbücherei lieh und zwischen den Seiten 202 und 203 eine ermordete Fliege fand. Ich klappte das Buch zu.

ICH, SOMNAMBULIST

Ich rede im Schlaf. Neben dem Talent, Wörter in eine mehr oder weniger sinnvolle Reihenfolge zu bringen, ist dies das Wesentliche, was mir mein Vater vererbt hat. Eine recht magere Ausbeute an Fähigkeiten aus der DNA-Lotterie, wie ich finde. Wäre pränatal meine Meinung eingeholt worden, hätte ich zusätzlich noch bei *Den Ball streicheln können wie der Kaiser* und *Gitarre spielen können wie Slash vor der Kirche in November Rain* meine Kreuzchen gemacht. Denn natürlich hadert man als Kind mit der Fügung des Schicksals, genetisch ausgerechnet *dieser* Familie, dazu noch in *dieser* Stadt, zugeteilt worden zu sein. Schließlich standen die Quoten mit 1 : 6 000 000 000 doch gar nicht mal so schlecht, dass ich der Sohn von nur so mal als Beispiel Diego Maradona hätte sein können, was hätte man da nicht alles an Fähigkeiten geerbt, hallo Bundesliga, ach, was sag ich, hallo Champions League, und wo wir schon dabei sind, mit der Hand Gottes hätte man doch garantiert so nebenbei noch *Gitarre spielen können wie Slash vor der Kirche in November Rain.* Aber es hat nicht sollen sein. Doch mit seinem Schicksal zu hadern hieße, gegen den Wind zu pissen, gibt ja immer diese und jene Sichtweise. Was solle er denn sagen, meinte mein Vater, jeder habe sein Päckchen zu tragen, er hätte ja auch nur so mal als Beispiel der Vater von Lionel Messi sein können, und was er davon gehabt hätte, könne ich mir ja selbst ausmalen, ansonsten würde er mir zur Verdeutlichung gern eine Excel-Tabelle ausdrucken.

Ich bekam also die Angewohnheit, im Schlaf zu reden, vererbt. Nichts, wofür man sich im Falle eines Oscar-Gewinns live und mit tränenerstickter Stimme im Fernsehen bedanken müsste, aber andererseits gibt es Schlimmeres an vererbbarem Gen-Schabernack, wie etwa den Albinismus, wenn man Heino zum Vater gehabt hätte, oder das Tay-Sachs-Syndrom, welches sich im Wesentlichen dadurch auszeichnet, zur progressiven Reduktion kognitiver Fähigkeiten, zu psychomotorischem Abbau, muskulärer Hypotonie, Lähmung, Spastik, Blind- und Taubheit, Krämpfen, zum kirschroten Fleck in der Macula und innerhalb weniger Jahre zum Tode zu führen, sprich: ein Syndrom, das einen zunächst strunzdoof und apathisch macht, um einen dann ganz über den Jordan zu schicken, von diesem ominösen, höchst unangenehmen kirschroten Fleck auf dem Auge mal ganz abgesehen.

Da möchte ich mich eigentlich gar nicht beklagen, dass ich im Schlaf rede, klar, man hätte es besser, aber eben auch eine ganze Ecke schlechter treffen können in Sachen Erbgut, mein Vater war ja auch nur das Kind von irgendwem, da hat man ja als Spross dummerweise keine Kontrolle drüber. Mein Bruder hingegen, mit dem ich weite Teile meiner Kindheit das Zimmer teilte, redete nicht im Schlaf. Dafür erwarb er mit seiner Sägerei im Laufe der Jahre für den Regenwald in etwa die Bedeutung, die Stalingrad für die Wehrmacht gehabt hatte. Ganz üble psychologische Kriegsführung seitens meines Bruders, Zermürbungstaktik par excellence. Ich verstehe seitdem, woher der Drang kommt, einen Menschen umzubringen – und ich mag meinen Bruder. Aber die Hemmschwelle, ihn mit einem Kissen zu ersticken, sank von »absurd undenkbar« innerhalb einer Nacht auf »plausibel«. Die Geschichte von Kain und Abel, da bin ich mir sicher, ist in Wahrheit eine Parabel – es geht ums Schnarchen und Kains Neid auf Abels gesunden Schlaf.

So wie ich das sah, betrieb mein Bruder des Nachts nicht nur einen äußerst erfolgreich laufenden illegalen Holzhandel, nein, er schnarchte darüber hinaus im Morsecode. Diese Erkenntnis trieb mir der chronische Schlafmangel wie einen Sargnagel in die Hirnrinde. Ich wachte des Öfteren auf und hörte seine geschnarchmorsten Hilfeschreie, die ich anhand eines Fähnlein-Fieselschweif-Specials im Micky-Maus-Heft entziffern konnte.

SOS, Mischa, morste mein Bruder, SOS! MAYDAY! Er sei in diesem Albtraum gefangen und komme nicht von selbst heraus. Ich müsse ihn wecken, schnarchmorste mein Bruder verzweifelt, ich müsse ihn unbedingt wecken! Bitte!

Ich tat ihm den Gefallen. Und warf etwas großes Schweres nach ihm. Doch wollte er auf einmal nichts mehr von gemorsten Hilfeschreien gewusst haben und bedachte mich mit Schimpfwörtern, die ich ihm in seinem Alter gar nicht zugetraut hätte. Ich sah großmütig darüber hinweg, wer gibt schon gern zu, dass er in seinem Albtraum gefangen ist und nicht von selbst wieder herauskommt. Mein Bruder, auf jeden Fall, gab es nie zu. Aber ich wusste es besser, und ich bin mir sicher, dass er mir tief im Inneren bis heute dankbar ist, dass ich ihn Nacht für Nacht mit einem gezielt geworfenen Turnschuh aus seinen Albträumen riss. Dafür sind große Brüder schließlich da.

Aber ich schweife ab. Zurück zur Rhetorik. Mein Vater hatte meiner Mutter vor der Eheschließung natürlich nichts von seiner Angewohnheit erzählt, im Schlaf zu reden. Es gibt Sachen, die beichtet man der Zukünftigen noch vor der Hochzeit, wie beispielsweise, dass man später Kinder haben und eine Familie gründen möchte und total gern freitagabends zu Hause bleibt und romantische Komödien guckt. Und es gibt Geheimnisse, die man erst nach dem schönsten Tag im Leben lüftet, wie beispielsweise, dass man Kinder hasst, nicht im Entferntesten vorhat, den Haushalt personell noch weiter zu vergrößern, und dass man eigentlich nur mit der Alten zusammen ist, weil Kondome immer beim Sex mit jenen Frauen zu reißen pflegen, die man eigentlich noch vor dem Frühstück nach Hause schicken wollte. Die Offenbarung »Übrigens, Schatz, ich rede im Schlaf, und du wirst deshalb in den nächsten 25 Jahren dreimal beinahe einen Herzinfarkt bekommen und mindestens einmal auf mich schießen« gehört eindeutig in letztere Kategorie, schließlich ist das Reden im Schlaf durchaus ein Symptom für eine ausgewachsene Manie, da sind der Realitätsverlust und die Vernachlässigung der Körperhygiene nicht mehr weit. Es wäre absolut unverantwortlich, so kurz vor der Hochzeit die Ehe durch vorauseilende Ehrlichkeit aufs Spiel zu setzen. Hinterher, lange nachdem die Tinte unter dem In-guten-wie-in-schlechten-Zeiten-Passus getrocknet ist, reicht es dicke. Diese Position vertrat jedenfalls mein Vater, der sich diese ganz besondere Überraschung für eine schwüle, noch von der Aura des Frischvermähltseins umschmeichelte Sommernacht in Marokko aufhob.

Der Tatort: ein Mehrfamilienhaus, irgendwann in den wilden Siebzigern, irgendwo in Rabat, der Hauptstadt Marokkos. Alles schlief, eine erwachte, nämlich meine Mutter. Zunächst noch verwirrt und schlaftrunken, bemerkte sie alsbald, dass ihr Gatte kerzengerade wie ein bis Oberkante Unterlippe mit Ritalin vollgestopfter Jack-

Russell-Terrier neben ihr im Bett saß. Was los sei, wollte meine Mutter wissen. Mein Vater reagierte erst nicht, dann führte er seinen Zeigefinger zum Mund, bedeutete meiner Mutter, sich still zu verhalten, und flüsterte ihr dann geheimnisvoll, dass *sie kämen*.

Eine beim ersten Betrachten harm- wie belanglose Aussage, kann es sich doch je nach Identität des Subjekts um eine nette (»Unsere Freunde kommen!«) oder dräuende (»Die Schwiegereltern kommen!«) oder genauso nette wie unerwartete (»Die Handwerker kommen!«) Nachricht handeln. Nun muss man aber, um die wahre Tragweite dieser im Schlaf getätigten Äußerung, sie kämen, verstehen zu können, Folgendes wissen:

Meine Eltern, für eine christliche NGO im Land, hatten die marokkanischen Behörden über den wahren Grund ihres Besuchs im Unklaren gelassen und auf dem Einreise-Fragebogen wie jeder andere Ausländer, der im nordafrikanischen Untergrund agierte, beim Pflichtfeld *Grund Ihres Besuchs?* das Kästchen *Import/Export* angekreuzt. Was die marokkanischen Behörden per se hätte stutzig machen sollen, war doch damals mindestens jeder zweite Ausländer, der in Marokko offiziell dem gewerblichen Import / Export nachging, in Wahrheit in Geldwäsche, Spionage, Waffenhandel, Prostitution, Sklaverei, Prostitution und Sklaverei oder eben die Umtriebe eines christlichen Missionswerks verwickelt. *Import/Export* anzukreuzen war der naivste Quatsch, den man sich vorstellen konnte, genausogut hätte die CIA in einheitlichen Trikots herumlaufen können. Meine jungverliebten und frischvermählten Eltern befanden sich also ziemlich illegal auf marokkanischem Boden und hatten jeden Moment damit zu rechnen, entdeckt und des Landes verwiesen zu werden. Was noch die harmlose und von der tagesaktuellen Laune des Geheimdienstchefs abhängige Variante gewesen wäre, wusste *amnesty international* doch noch im Jahre 2004 aus dem Alltag Hunderter von Häftlingen im Témara-Haftzentrum nahe der Hauptstadt Rabat von systematischer Folter, Misshandlungen, Haft ohne Kontakt zu Anwälten und Todesurteilen nach unfairen Verfahren zu berichten. Darüber hinaus nahmen sich die marokkanischen Behörden in ihren sogenannten Verhören die Freiheit, den humanitären Aspekt des christlichen Hilfswerks unter den Tisch fallen zu lassen und sich im Wesentlichen auf die unterstellte Kreuzfahrerei zu konzentrieren.

All das hatte meine Mutter schlagartig vor Augen, als sie eines Nachts durch einen Mann geweckt wurde, den sie im Vertrauen auf seine Beschützerrolle geehelicht hatte und der sie nun mitten im Feindesland mit den Worten aus dem Schlaf riss, sie kämen. Mein Vater indes, der das panische Nachhaken meiner Mutter hinsichtlich der Identität der Kommenden mit Nichtbeachtung strafte und kurze Zeit später seufzend in die Kissen zurücksank, hatte einen gesunden Schlaf und konnte sich am nächsten Morgen an nichts erinnern. Anders meine Mutter, die in dieser und den Folgenächten kein Auge mehr zutat und mit einer Stricknadel in jeder Hand kerzengerade im Bett saß, trotz meines Vaters spätem Geständnis, ja, er könne es nicht leugnen, er rede im Schlaf, das sei aber im Prinzip ganz harmlos.

Zu ihrem Leidwesen kam der Erstgeborene ganz nach dem Vater. Schlimmer noch, als Kind redete ich nicht nur, ich schlafwandelte. Nicht nur einmal stand ich mitten des Nachts wie die Ausgeburt eines asiatischen Horrorfilms urplötzlich im Zimmer meiner Eltern und schaltete das Licht an. Nicht etwa aus Angst, etwa bei einem

Gewitter, um wie jedes normale Kind Zuflucht unter der Bettdecke zwischen den Erziehungsberechtigten zu suchen, nein, der Somnambulist in mir ließ mich einfach wie bestellt und nicht abgeholt im Zimmer stehen und dabei äußerst unheimlich gucken. Diese unregelmäßigen Besuche bescherten meinen Eltern immer wieder die Erkenntnis, dass ihre Herzen durchaus schneller als Ruhepuls zu schlagen imstande waren. Speziell mein Vater wurde den Verdacht nie los, ich sei vielleicht doch eher *Rosemary's Baby.*

Mit den Jahren ließ das Schlafwandeln nach, dafür wurde ich rhetorisch im Schlaf umso begabter. Und ich übe bis heute. Es gibt übereinstimmende Berichte von Bruder, Eltern, von Freunden und von Freundinnen, dass ich mich zuweilen vor Lachen derart im Bett wälze und krümme, dass die Anwesenden am nächsten Morgen mit großem Bedauern mein Beteuern zur Kenntnis nehmen, ich könne mich beim besten Willen nicht an die Pointe erinnern und überhaupt habe ich aus meiner Sicht die ganze Nacht wie ein Stein geschlafen.

Doch während es für unbeteiligte Zuschauer unterhaltsam bis im schlechtesten Falle schlafraubend sein kann, meinem somnambulen Dozententum beizuwohnen, hatte ich viele Jahre Angst, im Schlaf ein gut gehütetes Geheimnis preiszugeben. Schließlich schaute Mutter des Nachts immer mal wieder rein; obgleich mein Bruder und ich schon lange schulpflichtig waren, glaubte sie den plötzlichen Kindstod noch nicht komplett ausgesessen. Lange Zeit versuchte ich dem mit täglichen Stoßgebeten vorzubeugen, Stoßgebete, die meist aus dem Satz Bitte, bitte, wer und wo auch immer du bist, bitte lass mich im Schlaf nichts verraten bestanden und immer dreimal wiederholt wurden, denn zweimal musste ein Stoßgebet mindestens gesprochen werden, um Signifikanz zu haben, und da ich ferner aus dem Mathematik-Unterricht wusste, dass minus mal minus plus ergab, war ein drittes gestoßenes Gebet für einen Erfolg des Zaubers unabdingbar. Blöd nur, wenn man zwischendrin kurz abgelenkt war und sich verzählt hatte, dann war man auch schon mal einen ganzen Nachmittag damit beschäftigt, das Universum im Gleichgewicht zu halten. Diesem mathematischen Prinzip liegt noch heute all mein Hoffen und Bangen bei gegnerischen Elfmetern zugrunde. Die Stoßgebete damals halfen. Meine Mutter fand letztlich auch ohne meine Hilfe heraus, dass ich die verhasste Sportlehrerin vor der ganzen Klasse als Saddams Schwester bezeichnet hatte.

In letzter Zeit hat die Angewohnheit, im Schlaf zu reden, eine etwas unerwartete Wendung genommen, indem sie sich dem technischen Fortschritt anpasste. Das Reden im Schlaf wird weniger, dafür verschicke ich jetzt im Schlaf umso häufiger SMS. Und nicht etwa, indem ich schlaftrunken auf eine SMS antworte, nein, einfach so. Und ich erfahre es nur, weil irgendein armes Geschöpf um drei Uhr morgens mit *Hä?* oder *Weißt du eigentlich, wie spät es ist, was soll der Scheiß, lass vom Trinken ab* antwortet. Wenn dem bloß so wäre! Klar, betrunken schreibt man auch SMS, deren Sinn sich am nächsten Morgen nicht mehr so recht erschließt, mit dem Unterschied, dass meine im Schlaf geschriebenen SMS von vornherein keinen Sinn haben. So erhielt meine Freundin vor einiger Zeit irgendwann mitten in der Nacht eine SMS von mir, deren einziger Inhalt das Wörtchen *test* war. *test.* Kleingeschrieben. Nichts weiter. Und ich wusste am nächsten Morgen nichts davon. Weder *dass* noch *warum*.

Es gibt Talente, die braucht kein Mensch.

ORDNUNG MUSS SEIN

Ein weiteres Talent, von dem meine Mutter fand, dass ich zuviel davon hatte, bestand darin, sämtliche Zimmer so zu hinterlassen, als sei eine ganze Heerschar mongolischer Krieger auf dem Rückzug plündernd über sie hergefallen. Ich war kein Freund von Ordnung. Dabei war Ordnung einer der Gründe gewesen, weshalb mein Vater freiwillig Deutschland als zukünftige Heimat in Betracht gezogen hatte. Er hasste zwar die Sprache wie die Pest, aber gewisse Charaktereigenschaften sagten ihm sehr zu. Dort, wo meine Mutter herkomme, herrsche Ordnung, sagte mein Vater, dort habe alles seine Richtigkeit, dort werde man glücklich. Oder wie wir Ausländer sagten: In Deutschland gab und gibt es für jeden Furz ein Formular. Ein Land, in dem selbst die Besitzverhältnisse von Hundekot verbindlich geregelt sind*, schien meinem Vater die richtige Heimat für seine junge Familie, denn Ordnung war ihm wichtig. Schließlich waren meine Vorfahren väterlicherseits nie für deutsche Gründlichkeit bekannt gewesen.

Mein Vater hatte beide anderen Länder erlebt. In Frankreich aufgewachsen, floh er kurz vor der Volljährigkeit nach England, um dem Wehrdienst zu entgehen. Dort verdingte er sich als Dichter. Und wie es leider Gottes so oft ist in der Lyrikwelt: Inhalt Top, Ren-

---

* »Nach dem Abkoten bleibt der Kothaufen grundsätzlich eine selbstständige bewegliche Sache, er wird nicht durch Verbinden oder Vermischen untrennbarer Bestandteil des Wiesengrundstücks. Der Eigentümer des Wiesengrundstücks erwirbt also nicht automatisch Eigentum am Hundekot.« – Fallbeispiel aus der deutschen Verwaltungspraxis.

dite Flop, so wie einst bei Spitzweg. Im Winter stopfte er sich Zeitungspapier in seine Sommerschuhe, um nicht zu erfrieren. Und in diesen Behelfswinterstiefeln half er sogar im verschneiten London bei der Verkehrsregulierung aus, da der englische Polizist Naturkatastrophen so entspannt sieht wie alles andere auch. In England gab es letztendlich nur eine wirklich zwingende Verordnung: »Sir« oder »Lord« durfte sich offiziell nur nennen, wer auch Brite war. Alles andere sah man schon immer locker. Vorschriften? Wozu sollten die denn gut sein? So musste ein Engländer, wollte er beispielsweise den Beruf des Fensterputzers ausüben, nichts anderes tun, als sich in einem Baumarkt mit Eimer und Putzlappen eindecken, an die nächstbeste Haustür klopfen und auf willige Kundschaft hoffen, während sich sein deutscher Kollege noch am Ordnungsamt, an diversen kleinkarierten Sicherheitsvorschriften und anderem Widerstand abarbeitete. Auch in Sachen Autos drückte der Engländer gern das eine oder andere Auge zu. Beim englischen TÜV fuhr man in der Regel mit seinem zwanzig Jahre alten Rover vor und wurde von einem netten Herrn mit einer Tasse Tee und der Aufforderung begrüßt, bitte kurz die Scheibenwischer zu betätigen. Hatte man diesen Test bestanden, bekam man umgehend die Erlaubnis, auch in den nächsten Jahren den Straßenverkehr zu gefährden. Da mag der eine oder andere im Falle des deutschen TÜV von faschistoiden Tendenzen sprechen, aber meinem Vater imponierte so etwas. Denn im Gegensatz zu den Franzosen, die in bürokratischen Angelegenheiten ähnliche perverse Neigungen an den Tag legten wie ihre östlichen Nachbarn, erreichte man in Deutschland mit dem Ausfüllen eines Formulars hin und wieder tatsächlich etwas. In Frankreich bedeutete das Ausfüllen eines Formulars bloß Zeitgewinn für den zuständigen Sachbearbeiter, bis er dem Bürger gegenüber erneut kaschieren musste, dass er nichts, rein gar nichts für ihn tun konnte.

In Deutschland hingegen, das stellte mein Vater mit Befriedigung fest, war alles geregelt und dreifach beglaubigt, da fiel es dann auch nicht weiter ins Gewicht, dass manche Verwaltungsdirektive von der akuten geistigen Degeneration ihres Verfassers zeugte; das nahm mein Vater mit Schmunzeln zur Kenntnis, schließlich falle, wo gehobelt werde, mal auch ein Span. So wie in jenem Passus, als meine Eltern sich zum BTX-Postgirodienst anmelden wollten und die sprichwörtliche Pistole auf die Brust gesetzt bekamen:

Persönliche Angaben zum Antrag seien freiwillig. Allerdings könne der Antrag ohne die persönlichen Angaben nicht weiterverarbeitet werden.

Da wusste man wenigstens, woran man war. Ja, in Deutschland, der Heimat der Ordnung, hatte mein Vater ein neues Zuhause gefunden. Nur ich widersetzte mich ihr. Und unser Kinderzimmer war das Hauptquartier des Widerstands.

Das Chaos trieb meine arme Mutter in den Wahnsinn. Was sie nie verstanden hat: In all diesem Chaos steckte ein über die Jahre perfektioniertes System, das mich trotz mehrerer fossiler Gesteinsschichten alles, was ich suchte, innerhalb weniger Minuten finden ließ. Entsprechend verzweifelt und einem Nervenzusammenbruch nahe ging ich einmal zu meiner Mutter, als ich trotz halbstündigen Forschens meine Lieblingshose nicht dort wiederfand, wo ich sie Tage zuvor hingepfeffert hatte.

Ob sie meine Hose gesehen habe.

Ja, antwortete sie.

Wo denn?

Im Kleiderschrank.

Warum, fragte ich perplex.

Weil sie sie dort reingelegt habe, nachdem ich sie habe herumliegen lassen.

Warum, fragte ich erneut, ein wenig erbost, da ich ja ewig nach der Hose hätte suchen können. Wozu sollte das gut sein?

Weil das, Mäuschen, der Sinn und Zweck eines Kleiderschranks sei, erklärte sie.

Ich war fasziniert. Bislang hatte ich meinen Kleiderschrank ausschließlich als nahegelegenen, daher optimalen Lagerraum für Spielsachen aller Art betrachtet. Als Aufbewahrungsort für *Kleidung* an sich war mir dieses Objekt neu – praktische Gründe konnte das ja nicht haben, da ich viel schneller an die Hose kam, wenn sie griffbereit vor der Zimmertür lag.

Aus reiner Neugier räumte ich an dem Abend all meine Klamotten in den Kleiderschrank. Ich wartete auf *das Gefühl*. Aber es gab mir nichts. Kleiderschränke schienen nichts für mich zu sein. Ich verfiel wieder in den alten Trott. Kurz: Ordnung war nicht meins. Und sie wurde es nie. Ich blieb Fan der Chaostheorie.

Was das betraf, war ich zweifellos das schwarze Schaf der Familie. Mein Bruder kam ganz nach meinem Vater. Während ich weite Teile unseres gemeinsamen Kinderzimmers in Beschlag genommen hatte, war die kleine Ecke, die ich ihm zugestand, stets *spick and span*, wie mein Vater bemerkte. Mein Bruder muss sehr unter meinem Verständnis eines aufgeräumten Zimmers gelitten haben. Schon in jungen Jahren bewies er eindrucksvoll, dass eine gewisse Ordnungsliebe genetisch bedingt sein muss. Egal, ob es die liebevoll und mit Bedacht durcheinander arrangierte Parfum-Sammlung am Bettende meiner Eltern oder das Vasen-Potpourri der Nachbarin war – tauchte mein Bruder auf, wurde erstmal Ordnung geschaffen.

Eines Abends, mein Bruder war zwei oder drei Jahre alt, waren wir zu Besuch bei Bekannten meiner Eltern, und man hatte uns Kinder mangels Babysitter mitgenommen. Bei Earl Grey und Gebäck zog sich der Abend immer länger hin, und die Gastgeber versorgten meinen Bruder und mich mit Comics, die ihn im Gegensatz zu mir verständlicherweise recht schnell langweilten. Er zog los, um sich eine neue Herausforderung zu suchen, nachdem ich ihm mit einem gezielten Leberhaken klargemacht hatte, dass ich diese nicht sein würde.

Den Rest des Abends hörte ich nichts mehr von ihm. Irgendwann kam dann der Moment des Abschieds. Wir fanden meinen Bruder in einer dunklen Ecke des Wohnzimmers, vor einem Schachbrett, Ordnung machend. Stolz schaute er auf sein Werk: Händchenhaltende Zweierreihen ihrem Rang entsprechend einander zugeordneter Schachfiguren, die zwar keinen Schachgroßmeister, aber jeden Integrationsbeauftragten stolz gemacht hätten.

Doch unsere Gastgeber wussten das Engagement meines Bruders nicht zu würdigen; entgeistert und kreidebleich schauten sie auf das Schachbrett. Ihre Münder klappten, ähnlich dem eines Fisches auf und nicht an der Nordseeküste, auf und zu. Die Stimmung drohte zu kippen. Fünf Minuten und einen Cognac später offenbarten unsere Gastgeber meinen peinlich berührten Eltern, dass der Großvater des Hauses seit Ende des Zweiten Weltkriegs an jenem Schachspiel sitze. Mit einem amerikanischen GI habe er damals in den Rheinwiesenlagern das Spiel begonnen und bis heute fortgesetzt. In unregelmäßigen Abständen schicke der Großvater einen Brief mit seinem

Zug hinüber nach Austin, Texas und in unregelmäßigen Abständen komme ein Zug aus Austin, Texas zurück nach Bielefeld-Ubbedissen. Und das seit über vierzig Jahren, Jahr für Jahr, Zug um Zug, seit Ende des Zweiten Weltkrieges.

Dieses Schachspiel, erklärte unsere Gastgeberin, sei der einzige Lebensinhalt des Großvaters. Gewesen. Dieses historische und völkerverbindende Spiel, die Lokalzeitung habe in der nächsten Woche berichten wollen, dieses Zeichen des Friedens zwischen ehemals verfeindeten Mächten war das Einzige, was den alten Mann, beinahe neunzig Jahre zählend, am Leben erhielt. Wie gesagt, gewesen.

Als meine Eltern meinen Bruder auf dem Nachhauseweg fragten, welcher Teufel ihn denn geritten habe, das Schachbrett neu zu ordnen, radebrechte er seinem Alter entsprechend, es sei durcheinander gewesen. Und durcheinander sei doof.

Doch bei mir waren Hopfen und Malz verloren. Ich blieb ein unordentliches Kind. Lediglich dazu, einmal alle zwei oder drei Wochen staubzusaugen, ließ ich mich gnädigerweise herab. Aufgrund meines Überflusses an Allergien sah ich selbst ein, dass es angenehmer war, zehn Minuten zu saugen, als aufgrund von Hausstaub in einem Rotz- und Tränenmeer zu ertrinken.

Wegen ebenjener Allergien hatten sich meine Eltern lange geziert, mir ein Haustier zu schenken. Ursprünglich hatte ich mir einen Schimpansen gewünscht. Ich fand die Vorstellung hübsch, dem Schimpansen beizubringen, mit mir LEGO zu spielen, aber natürlich auch die, mit ihm zur Schule zu gehen und ihm generell die Arbeiten zu überlassen, die mir selber weniger Spaß machten. Meine Eltern lehnten mit der Begründung ab, ich habe bereits einen kleinen

Bruder, das müsse reichen. Ich korrigierte meinen Wunsch nach unten auf eine Katze, aber solch ein Tier stand aufgrund meiner Allergien ebenfalls nicht zur Debatte, außerdem könne ich ja mit Parker Lewis, der Katze der Baumanns, spielen, und so hatte ich die Hoffnung bereits aufgegeben, jemals Haustierbesitzer zu sein, als ich eines Mittags von der Schule nach Hause kam und begeistert den Vogelkäfig wahrnahm.

Meine bis heute andauernde Unfähigkeit zu begreifen, wann eine Frau mit mir Schluss macht, ist auf eine allgemeine Begriffsstutzigkeit zurückzuführen, die sich bereits in jenem zarten Kindesalter offenbarte. Ich machte große Augen.

Man habe mir einen Vogelkäfig gekauft, stellte ich entzückt fest.

Ja, sagte meine Mutter geduldig. Richtig.

Ein Vogelkäfig sei super, rief ich, da könne man einen Vogel drin halten.

Richtig, sagte meine Mutter geduldig.

Das sei so toll, fuhr ich begeistert fort, ein Vogelkäfig für einen Vogel, welch wunderbares Geschenk, jetzt bräuchte ich nur noch einen Vogel.

Vielleicht schaue ich mal *in* den Vogelkäfig, riet meine Mutter, nicht mehr ganz so geduldig.

Ich tat wie geheißen. Von innen schaute der schönste Wellensittich zurück, den die Welt je gesehen hatte. Ein Wellensittich! Ein echter Wellensittich! Ein Vogelkäfig war ja schon super, aber mit einem Vogel *darin* hätte ich nie gerechnet! Es schwelgte das Herz in Seligkeit!

Johanni und ich wurden die bestesten besten Freunde. Nicht nur, weil er das einzige Tier war, auf das ich nicht allergisch reagierte. Er war ein herzensguter Vogel, der nach einer Eingewöhnungszeit zum fünften Familienmitglied wurde. Beim Abendbrot saß er mit am Tisch und unterhielt uns mit seinem fröhlichen Gezwitscher; war mein Bruder oder ich krank, wachte er am Bett und piepte traurig vor sich hin, bis wir wieder gesund waren, was ihn jedes Mal zu solch euphorischen Flugeinlagen bewog, dass einem um sein kleines Herz bang werden musste.

Johanni störte die Unordnung in unserem Zimmer im Gegensatz zu meinem Bruder kein bisschen. Im Gegenteil, er schien seine Freude an den vielen durch Comics aus der Leihbücherei und wild verstreute Kleidungsstücke entstandenen Höhlen gefunden zu haben, und oft beobachtete ich schmunzelnd, wie er in einer Ecke des Zimmers verschwand, nur um einige Minuten später an einer völlig unerwarteten Stelle wieder aufzutauchen. Ein großartiger Kerl, mit einem Forscherdrang ausgestattet, der ganz nach mir kam. Leider blieb ihm ein langes Leben verwehrt.

Denn als ich einige Zeit später meinen Haushaltspflichten und dem in meiner Familie vorherrschenden Streben nach Ordnung gerecht wurde und unter dem Bett saugte, machte es *flupp tschi tschit-schitschi schrädäng.*

Ein *flupp* an sich war nicht besorgniserregend. Wenn ich saugte, machte es oft *flupp,* der Staubsauger verlor an Leistung und meine Mutter konnte umständlich eine Unterhose herausoperieren. Was mich sorgte, war das *tschi tschitschitschi* und ganz speziell das anschließende *schrädäng.* Panisch blickte ich zum Käfig. Kein Johanni zu sehen. Verzweifelt begann ich in den auf dem Boden liegenden Haufen zu wühlen und zu graben. Ich rief laut und mit tränenerstickter Stimme seinen Namen, die Hoffnung nicht aufgebend.

Meine Eltern, die ins Zimmer geeilt waren, nahmen mir dann letztendlich die traurige Pflicht ab, den Staubsauger zu öffnen. Ich heulte, wie ich nie zuvor geheult hatte und nie wieder heulen würde. Meine Eltern trösteten mich, das hätte jedem passieren können – und in der Tat, mir wär's lieber gewesen, wenn das jemand anderem passiert wäre.

Ich hätte ihn gern im Garten begraben, ihm eine letzte Ruhestatt in unserer Nähe gegönnt. Aber wir mussten feststellen, dass mein anglo-französischer Vater auch an diesem Tag beweisen wollte, dass er mustergültig integriert war. Johanni wurde sachgerecht mittels der Tierverwertung entsorgt. Ordnung muss schließlich sein.

PRINCE OF PERSHING

Ungefähr zu dem Zeitpunkt, als die Eltern der Baumann-Geschwister feststellten, dass die Familie kein eigenes Abonnement der *P.M.** benötigte, da die Baumann-Geschwister die Zeitschrift ohne weiteres bei uns lesen konnten, stellten meine Eltern fest, dass wir kein eigenes Abonnement der *P.M.* brauchten, da wir die Zeitschrift ohne weiteres bei den Baumanns lesen konnten. Meine gerade mal ausreichenden Leistungen in naturwissenschaftlichen Fächern führe ich auf diese dunkle Stunde meines Lebens zurück.

Mein Weltbild wurde dann im Prinzip durch die drei Zeitschriften geprägt, die meine Eltern bis heute im Abonnement und auf der Toilette ausliegen haben: *Time Magazine*, *National Geographic* und *Das Beste aus Reader's Digest*. Meine Lektüre bestand also aus neokonservativer Propaganda, atheistischer Dialektik und der Proposition, dass das Leben eine Waldorfschule ist; was erstaunte, da meine Eltern mindestens zu einem Drittel philosophisch betrachtet das Gegenteil bildeten. Das prägte mich, und hin und wieder, wenn es mir gerade in den Kram passte, griff ich ihre Erziehung auf.

Wayne sei ein schlechter Christ, eröffnete ich meinen Eltern beim Abendbrot.

Ach ja, staunten meine Eltern. Woran ich das denn festmache.

---

* Peter Moosleitners interessantes Magazin, eine populärwissenschaftliche Zeitschrift, in etwa die *Wendy* für Jungs

Er habe mir, als ich ihn verprügelte, nicht die andere Wange hingehalten, erzählte ich. Dabei sei das seine christliche Pflicht.

Meine Eltern seufzten. Kinder.

Auch wenn Eltern es nicht wahrhaben wollen: Gewalt ist ein integraler Bestandteil des Heranwachsens. Alle Kinder spielen Krieg. Selbst die guten. Kein Kind möchte von Geburt an Yoga machen, aber fast jeder Junge will sich irgendwann mal kloppen. Und wir gingen mit derselben Unbekümmertheit an Gewalt heran, wie wir alles im Leben betrachteten. Mit einer Horde Kinder im Schlepptau fuhren mehrere Mütter im Bekanntenkreis meiner Eltern mal für ein verlängertes Wochenende in eine Jugendherberge ins Lippische. Und während die Erwachsenen am Lagerfeuer saßen, Stockbrot verzehrten und begleitet von der Wandergitarre *Sag mir, wo die Blumen sind* zum Besten gaben, spielten wir Kinder die Waco-Katastrophe nach, von der wir in der Tagesschau gehört hatten und bei der 82 Menschen ums Leben gekommen waren, als die polizeiliche Belagerung der Basis einer dieser gerade in den Südstaaten florierenden amerikanischen Sekten aus dem Ruder gelaufen war. Ich war David Koresh, der Sektenführer, Wayne der Polizeichef, die anderen Kinder wahlweise meine Jünger oder Waynes Sondereinheiten. Und als ich von einer Kugel getroffen zu Boden sank, hätte kein Regisseur dieser Welt meinen Zeitlupentod besser inszenieren können.

Meine Eltern haben mir nie Waffen als Spielzeug gekauft. Selbst Cowboy-*Playmobil* blieb mir verwehrt, bis ich eine eidesstattliche Versicherung abgegeben hatte, dass meine *Playmobil*-Cowboys ihre

Waffen ausschließlich zwecks Selbstverteidigung gegen Kojoten und anderes wildes Getier besaßen. Natürlich.

Die *Playmobil*-Gewehre waren auch schon der Höhepunkt meines Arsenals. Aus Feuerzeugzündern gebaute Elektroschocks waren da noch das Höchste der Gefühle. Und eine Uhr, die kleine Projektile abfeuern konnte, hatte ich auch noch. Die Uhr war ein YPS-Gimmick, und ich fühlte mich mit ihr sehr im Geheimdienst Ihrer Majestät. Natürlich verheimlichte ich meinen Eltern das Geheimnis des Zeitmessers, sie hätten ihn mir sofort weggenommen, wenn sie über seine letale Funktionserweiterung Bescheid gewusst hätten. Meine Tarnung flog dann von selbst auf, als ich meinem Bruder aus Versehen eine der Raketen ins Auge schoss. Seitdem durfte ich mir nur noch das öde *Micky-Maus*-Heft mit den pazifistischen, langweiligen Extras des Fähnleins Fieselschweif kaufen.

Aber ich brauchte auch keine Spielzeugwaffen. Wenn das Fahrrad zum alles vernichtenden Panzer wird, wenn die Weide im Wald zum Schlachtfeld im entscheidenden Krieg um das Schicksal der amerikanischen Ureinwohner und der Wind zum letzten Aufbäumen eines fast vernichteten Feindes wird, wenn der Nachbarhund des Jabberwockys kleiner Bruder und das letzte Hindernis zwischen einem selbst und dem Schatz des Zauberers ist, wenn ein Stock im Wald zur Silberbüchse wird, wenn dein Gefährte kein asthmakranker Nachbarsjunge, sondern dein Blutsbruder ist und dein echter Bruder der Todfeind der Apachen, wenn der menschenleere Himmel erfüllt ist mit Weltraumfähren, die immer wieder neue Wellen an Space Marines ausspucken und du dich mit nichts in den Händen als einer nur für dich sichtbaren Laserkanone dieser Angriffe erwehrst, wenn du am Ende eines langen Sommertages erschöpft, aber glücklich in dein Daunenkissen sinkst und der Dreck unter deinen Fingernägeln der Staub aus der Gladiatorenarena ist, dann können sämtliche Spielwarenhersteller dieser Welt einpacken. Und Eltern sowieso. Lange Zeit besaß ich deshalb in Gedanken ein Waffenarsenal, welches nicht nur George Bush senior nervös gemacht hätte.

Und dann kam der große Tag. Eine Projektwoche stand an, und einstimmig entschied der Klassenverband, dass wir alles über die amerikanischen Ureinwohner oder, wie wir sie nannten, Indianer lernen wollten. Die Projektwoche selbst war der größte Humbug überhaupt. Wir bauten Pappmaché-Tipis, trugen Indianerkopfschmuck, den uns die örtliche Tageszeitung nicht ohne Hintergedanken zur Verfügung gestellt hatte, und lernten eine groteske Geheimsprache, von der nur völlig minderbemittelte Grundschüler glauben konnten, dass das Indianersprech sei. Aber diese ganze Lügenshow war ohnehin nur Fassade für unsere wahre Mission. Denn wir hatten den perfekten Deckmantel für einen hoffentlich bald florierenden Waffenhandel gefunden.

Als ich nach Hause kam, teilte ich meinen Eltern mit, dass wir zum nächsten Tag als Hausaufgabe möglichst originalgetreue Indianerwaffen herzustellen hatten. Ob ich auf ihre Hilfe zählen könne. Meine Eltern hielten viel von Bildung, und vor lauter Begeisterung darüber, dass ich freiwillig auf das leidige Thema Hausaufgaben zu sprechen gekommen war, holte mein Vater allerlei Zubehör aus dem Keller. Keine zwei Stunden später hielt ich einen Spachtel mit drangeklebtem Ast in der Hand.

Das sei ein Spachtel mit drangeklebtem Ast, gab ich zu bedenken.

Nein, das sei ein Tomahawk, sagte mein Vater.

Ich blieb skeptisch. Aber ein Gammeltomahawk war immer noch besser als gar kein Tomahawk.

Danke, sagte ich.

Keine Ursache, sagte mein Vater, und wenn ich wolle, könnten wir morgen noch einen Speer, einen Flitzebogen und passende Pfeile basteln. Was war denn mit dem plötzlich los?!

Auf jeden Fall war der Tomahawk, so gammelig und selbstgebastelt er auch aussah, kein schlechter Anfang. Aber irgend etwas fehlte. Und ich wusste auch schon, was. Ich ging zum Setzkasten, guckte hoch, ging wieder in mein Zimmer, schob meinen Bürostuhl ins Wohnzimmer, versuchte draufzusteigen, merkte, dass das eine recht wacklige Angelegenheit war, schob den Bürostuhl zurück in mein Zimmer, holte einen Küchenstuhl, erklomm ihn und nahm das kleine Holzdöschen mit der Aufschrift »Meine ersten Milchzähne« heraus, welches meine Eltern mir auf dem Mittelaltermarkt gekauft hatten. Die Aufschrift lautete tatsächlich »Meine *ersten* Milchzähne«. Man sollte wirklich nichts von Mittelaltermarktständen kaufen, deren Betreiber abgelaufenem Met zugetan sind.

Ich war *Der mit dem Vogel spricht*, Mitglied des örtlichen Apachenstamms. Ich hieß so, weil ich einen Wellensittich hatte, mit dem ich sprach. Ursprünglich hatte ich mich Winnetou nennen wollen, die Filme waren gerade mal wieder der große Renner und wir konnten es kaum abwarten, alle Buchstaben zu kennen, um endlich die Bücher selbst zu lesen. Aber Röchel-Chris und Wayne wollten sich auch Winnetou nennen, eine Konstellation, die meine Mutter mit dem Vorschlag zu lösen versuchte, dass wir uns ja Winnetou I–III nennen könnten. Wir lehnten ab. Es reichte schon, dass wir Murat I und II in unserer Klasse hatten, ohnehin wollte niemand von uns Winnetou

III sein, zum einen starb der ja und zum anderen wurde der am Ende Christ, das fanden wir reichlich albern. Also beschlossen wir, dass der Name Winnetou *haram* sei und sich niemand so nennen dürfe, stattdessen würden wir uns gegenseitig passend benennen. Ich bekam den Namen *Der mit dem Vogel spricht*, Wayne nannten wir einstimmig *Riecht von weitem* und Röchel-Chris blieb *Röchel-Chris*.

Ich nahm also mein Milchzahndöschen, ging in mein Zimmer und holte meinen selbstgebastelten Tomahawk. Dann nahm ich meine Milchzähne und klebte nacheinander jeden einzelnen an meinen Tomahawk – ich war *Der mit dem Vogel spricht*, ein gefürchteter Häuptling der Apachen, der die Zähne seiner Feinde als Trophäe mit ihrem Blut an seinen Tomahawk klebte. Ich war eine scheißbrutale Rothaut.

Dumm nur, wenn man seinen Tomahawk den anderen Apachen vorstellt und die eigene obere Kauleiste eine einzige klaffende Zahnlücke ist, durch die schon die ersten Nachfolger lugen. Mir fehlte die oberste Zahnreihe. Meine letzten Milchzähne, Spätzünder, waren »herausgefallen«, als ich Christof Guljanowski ohne Worte zu erklären versuchte, dass *so nicht*, und er geantwortet hatte, dass sehr wohl *so*. Die nächsten Tage hatte ich grinsend vorm Spiegel gestanden, die Narben des Krieges bewundernd, immer wieder unterbrochen von meiner Mutter, die mich daran erinnerte, dass das nichts sei, um stolz zu sein.

Wir waren zwar Drittklässler, aber Röchel-Chris und *Riecht von weitem* konnten eins und eins zusammenzählen.

Das seien doch meine Zähne.

Seiensenicht.

Wohl. Seien meine Zähne. Seien gar keine echten Trophäen.

Das seien ja auch keine echten Mokassins, die er anhabe.

Und ich sei kein echter Indianer.

Und er stinke.

Und sein ständiges Röcheln nerve.

Seine Mutter sei tot.

Zack, Ende der Diskussion. *Meine Mutter ist tot.* Das war seit kurzem Röchel-Chris' Totschlag-Argument für und gegen alles. Das Asthmaspray reichte ja nicht. Das schlimme daran: Er hatte recht. Sie war tot. Trotzdem spürten wir anderen tief in uns, dass es in irgendeiner Hinsicht kein stichhaltiges Argument dafür war, dass er beim Aufräumen des Spielzimmers nicht mithelfen musste. Und richtig nervig war, dass er diese Waffe auch dann zum Einsatz brachte, wenn es gar nicht um ihn ging, und er so dann hintenrum doch alle Aufmerksamkeit an sich riss.

Wir einigten uns dann darauf, dass Röchel-Chris echte Mokassins habe, die Zähne jene meiner Feinde seien und wir generell alle echte Indianer. Und wir zogen in den Wald und machten Indianersachen, lasen Fährten, schreckten Wachteln auf und skalpierten hunderte Bleichgesichter. Wir waren furchtlose Rothäute und bewiesen uns gegenseitig in unzähligen Mutproben unseren Mumm.

Und dann entdeckten wir die Fledermaushöhle. Am Ende unserer Straße führte ein Weg in den Teutoburger Wald, den Landwirte nutzten, um ihre Weiden zu erreichen, und der nach einiger Zeit zu einem schlammigen Pfad wurde. Am Ende dieses Pfades, an einer Lichtung, von der mehrere Wege abzweigten, entschied sich immer, welches Abenteuer wir erleben würden. Folgten wir dem Pfad weiter nach Osten, konnten wir das Fort der Kavallerie ausspähen – ein örtlicher Motorrad-Club hatte sein Clubheim in unserem Wald. Im Süden schlängelte sich ein Weg durch dichten Wald. Wir belagerten ihn gerne und überfielen Siedler-Trecks, die so dumm gewesen waren, ihre sichere Reiseroute zu verlassen und die Abkürzung durch den Apachenhain zu nehmen. Und nordwärts ging's kurz vor Einbruch der Dunkelheit heim. Bloß in Richtung Westen hatten wir den Weg noch nie verfolgt.

Als wir an jenem Nachmittage an der Lichtung ein Powwow abhielten und beratschlagten, wo wir heute welche und wieviele Bleichgesichter am Marterpfahl auf kleiner Flamme rösten würden, fiel mir genau dieser Umstand auf. Ich kramte in meiner Erinnerung, aber ich war mir sicher: Es hatte sich nie ergeben, dass wir in der Richtung weitergegangen waren. Nachdem wir über einen längeren Zeitraum schweigend das Kalumet herumgereicht hatten, erwähnte ich meine Beobachtung. Meine roten Brüder nickten. Ja, in der Tat, der Weg nach Westen war uns noch unbekannt. Es galt, ihn heute zu erforschen. Wir machten uns auf den Weg, gespannt, welche Abenteuer uns hinter der nächsten Biegung erwarten würden.

Hinter der nächsten Biegung erwartete uns erst mal Ernüchterung. Eine geteerte Straße schlängelte sich den Berg hinab. Das roch nicht gerade nach Nervenkitzel. Für gewöhnlich erlebten Indianer ihre Abenteuer in der Wildnis; im Wilden Westen, das wussten wir dank Karl May, waren geteerte Straßen eher eine Seltenheit.

Wir beschlossen, den befestigten Weg zu verlassen und den kleinen Hang hinaufzuklettern, der die Straße säumte. Nach Wurzeln und Ästen greifend, hangelten wir uns hinauf und standen auf einmal in einem sehr dunklen Teil des Waldes, der hier hauptsächlich aus sehr dichten Nadelbäumen bestand. Urplötzlich gruselten wir uns. Obgleich es hellichter Tag war, konnte man nicht viel erkennen. Ich holte die Taschenlampe aus meinem Rucksack hervor und ließ den Strahl durch die Bäume gleiten. Wayne schnaubte verächtlich.

Indianer kennten keine Taschenlampen, sagte er, doch seine Stimme klang alles andere als sicher.

Manche Indianer vielleicht schon, mutmaßte ich.

Indianer wie wir bestimmt, bekräftigte Röchel-Chris.

Wayne schnaufte erleichtert. Dann könne man ja jetzt den Wald des Todes betreten. Verlegen traten wir von einem Fuß auf den anderen. Ein Rückzieher kam jetzt nicht mehr in Frage, aber gleichzeitig wollte niemand den ersten Schritt machen. Ich bedeutete Wayne mit einem Kopfnicken, voranzugehen. Er ignorierte mich und gab Röchel-Chris einen Stoß, doch der sah das anders und gab den Stoß an mich weiter. Ich hatte damit nicht gerechnet und fand mich auf einmal an der Spitze der Expedition wieder.

Je tiefer wir in die Wald hineingingen, desto düsterer wurde es um uns herum. Die Sonnenstrahlen erreichten nur noch vereinzelt den Boden, an manchen Stellen war unsere Taschenlampe die einzige Lichtquelle. Wir hatten uns das alles anders vorgestellt. Wir hatten den Ausflug in das dunkle Herz des Teutos stark romantisiert; alles, was ich jetzt verspürte, war pure Angst. Indianer bevorzugten die Prärie, Wüsten und Berge. Wir mussten mit dem Teutoburger Wald vorliebnehmen, der schon zu Varus' Zeiten bewiesen hatte, Menschen mit Federschmuck nicht freundlich gesinnt zu sein. Am schlimmsten waren die Schatten. Nein, die Geräusche. Nein, die Schatten und die Geräusche. Ständig drehten wir uns um, weil wir da etwas gehört oder dort etwas gesehen hatten, aber wir wussten längst nicht mehr, was real und was unserer Fantasie entsprungen war. Zwischendurch zuckten wir zusammen, wenn Röchel-Chris sein Asthmaspray benutzte, einmal meinten wir, einen Fuchs gesehen zu haben, aber sicher waren wir uns nicht, Wayne hatte gerufen, dass wir mal da gucken sollten, ein Fuchs oder so, aber als wir guckten, war da nichts, und mit der Idee, dass es ein Fuchs gewesen war, konnten wir uns wesentlich besser anfreunden als mit der Vorstellung, *irgendetwas Undefinierbares*, etwas, das direkt einem Märchen der Gebrüder Grimm entsprungen sein könnte, getroffen zu haben. Grimms Märchen sind auch so ein bigottes Eltern-Ding. *Poltergeist*, *Das Omen*, *The Shining* – die Klassiker des Horrors wurden einem als Kind vorenthalten, die Märchen der Gebrüder Grimm hingegen bekam man verabreicht, als seien sie Vitamine. Ich weiß noch, wie ich so manches Mal die halbe Nacht mit offenen Augen dalag, nachdem mir Mutter eine Gutenacht-Geschichte aus meinem Märchenbuch vorgelesen hatte, und wie ich fest damit rechnete, dass irgendwelche fürchterlichen und garstigen Wesen aus dem Schrank kämen, sobald ich meine Augen schloss. Ich legte sogar einen Stein auf den Buchdeckel, weil ich Angst hatte, das Buch könne mitten in der Nacht aufklappen und eine Hand offenbaren, die sich an den Seitenrändern hochzog. Und dieser dunkle Hain sah genauso aus wie einer, aus dem eine Grimm'sche Hexe auftauchen und uns verspeisen könnte. Eine Grimm'sche Hexe aus einem Grimm'schen Wald aus einer dieser unheimlichen russischen Verfilmungen.

Wir waren schon recht lange orientierungslos durch die Gegend geirrt, als wir eine Lichtung erreichten, die offensichtlich die Demarkationslinie zwischen Nadel- und Laubbäumen darstellte. Erleichtert, den Wald des Todes überlebt zu haben, setzten wir uns und ruhten uns eine Weile aus. Ich ließ den Blick schweifen. Vor uns befand sich eine kleine Wiese, die von einem Hang begrenzt wurde, an dessen oberem Rand der Wald wieder begann und sich bergauf fortsetzte. Ich runzelte die Stirn. Irgendwie kam mir dieser Ort bekannt vor. Und dann fiel es mir wie Schuppen von den Augen: Oberhalb des Hangs befand sich ein Wanderweg, den ich schon oft mit meinen Eltern abgegangen war. Diese Lichtung hatte ich schon häufig von oben gesehen und mich immer gefragt, was sich wohl in diesem Nadelwald verberge. Nun begriff ich zum ersten Mal, was die Erwachsenen mit dem Satz »Die Welt ist klein« meinten.

Jungs, unterbrach Röchel-Chris meine Gedanken.

Das heiße »Meine Brüder« und nicht »Jungs«, korrigierte ihn Wayne.

Das sei doch egal, wir sollten mal dorthin schauen, sagte Röchel-Chris und wies mit seiner Hand in Richtung des Hangs. Zuerst war uns nicht ganz klar, was er meinte, aber dann fiel es uns auch auf. Der Hang, der zum größten Teil aus Erdreich und Wurzeln bestand, offenbarte an einer Stelle eine Lücke, die halb von einer Art Efeu verdeckt war. Wir schoben die Blätter zur Seite. Tatsächlich! Dahinter versteckt lag ein Eingang, der durch ein Gitter versperrt war. Oberhalb davon mahnte ein verwittertes Schild: *Betreten verboten*. Doch Indianer kannten keine Schilder. Meine beiden Begleiter waren sich einig, dass man auf jeden Fall in die Höhle wolle.

Man müsse einen *Leatherman* besitzen, um das Gitter abzuschrauben, sinnierte Wayne.

Natürlich besaß Röchel-Chris ein Leatherman-Multifunktionswerkzeug. Zehn Minuten später hatten wir die rostigen Schrauben entfernt und die Höhle lag offen vor uns.

Dann wolle man mal, sagte Wayne und machte Anstalten, in die Höhle vorzudringen. Röchel-Chris nahm einen tiefen Zug aus seinem Asthmaspray und war bereit, ihm zu folgen.

Ich passe auf die Pferde auf, sagte ich.

Ich habe wohl Angst vor der Höhle, Curly Sue, spottete Wayne.

Nein, aber Klaustrophobie, gab ich zu bedenken.

Ich könne nicht einfach Krankheiten erfinden, sagte Röchel-Chris.

Richtig, pflichtete ihm Wayne bei.

Das sei doch keine Krankheit, und schon gar nicht erfunden, platzte es aus mir heraus, das sei eine Phobie, ich habe Platzangst und könne unmöglich da rein.

Nach einem kurzen Powwow und dem Kompromiss, dass ich unter Umständen durch diese Feigheit mein Medizinmannamt verlieren könnte, einigten wir uns darauf, dass ich bei den Pferden warten würde, während Wayne und Röchel-Chris die Höhle erkundeten. Ich gab ihnen meine Taschenlampe und sie verschwanden in der Dunkelheit. Die Höhle schien relativ groß zu sein, denn schon bald wurde ihr Geschnatter dumpfer und ich verstand nur noch Bruchstücke der Konversation, die hauptsächlich um meine Feigheit und das ekelhafte Krabbelzeugs an den Wänden kreiste. Ich passte derweil auf die Pferde auf, fühlte mich elend und verfluchte meine Phobien.

Mit einem Mal verstummten sie. Ich horchte auf. Sie mussten irgendwas entdeckt haben. Ich verengte meine Augen und spähte in die Dunkelheit hinein, aber ich konnte weder etwas sehen noch etwas hören.

Hallo, rief ich. Ein kleines Echo hallte zurück.

Und dann spürte ich einen Luftzug. Verwundert fragte ich mich noch, woher dieser stammte, als ich Schritte vor mir hörte und im nächsten Augenblick erst Röchel-Chris und wenig später Wayne mit vor Schreck geweiteten Augen auf mich zugerannt kamen.

Lauf, rief Röchel-Chris. Ich solle mich vor den Fledermäusen in Sicherheit bringen.

Ich solle rennen, so schnell ich könne, fügte Wayne hinzu, die Vampire seien hinter uns her.

Aber, merkte ich im ersten Schock an, aber im Wilden Westen gebe es keine Vampire.

Ich wurde eines Besseren belehrt. Etwas Schwarzes flatterte auf mich zu und flog haarscharf über meinen Kopf hinweg.

Es folgte das beste Krisenmanagement, das je einen deutschen Bunker von innen gesehen hatte: Wir rannten schreiend nach Hause, weg, weit weg von der Fledermaushöhle, aus der uns ein Amselpärchen vertrieben hatte. Mein Gammeltomahawk blieb an diesem schicksalhaften Ort zurück und ward nie wieder gesehen.

Wir waren die erbärmlichsten Indianer aller Zeiten. Selbst Winnetou III, der Pontifex Apachimus, hätte sich, bei aller christlichen Nächstenliebe, unser geschämt. Und so hängten wir die Mokassins an den Nagel und zogen uns mit heißem Kakao und einem Kassettenrekorder ins Reservat zurück. Wir hatten was Neues: Musikkassetten. Musikkassetten mit wilder, wilder Rockmusik. Rockmusik, die wir nicht hören durften. Rockmusik, die wir heimlich hörten. Eine neue, spannende, so aufregende Welt.

SCHEISSE
SAGT MAN NICHT

Ein Nachteil der multikulturellen Herkunft im Allgemeinen und der britischen im Speziellen ist, dass Erziehungsberechtigte jeden Songtext verstehen. Alles. Sie verstehen sehr gut, dass Salt N Pepa über Sex reden möchten, während die ausschließlich des Deutschen mächtigen Eltern sich damit herausreden können, dass die Möglichkeit besteht, dass Salt N Pepa eben nicht über Sex reden möchten.

Eines Abends hielt mein Vater beim Abendessen eine Brandrede. Er hatte im *Time Magazine* gerade einen Artikel über *diese neue Band* Guns N' Roses gelesen. Deren Texte seien ~~nicht gerade~~ das Gelbe vom Ei, ~~da~~ nicht ~~nur~~ schlecht, ~~sondern auch gefährlich~~, und ~~vor allem nichts~~ für Kinder. Ich horchte auf. Wenn Kinder eins können, dann selektiv wahrnehmen. Höchst interessant, was mein Vater da erzählte. Bis zu diesem Zeitpunkt war ich musikalisch mit dem ersten Album der *Prinzen* eher auf der Stelle getreten. Guns N' Roses klang da schon eine Ecke spannender. Ich sah das Gelobte Land vor mir, voll fließender Milch und Honig, wohin das Auge blickte. Ich brauchte dieses Guns N' Roses!

Nach dem Abendessen schlich ich nonchalant zum Wählscheibentelefon. Einen Anruf und eine Nacht später hielt ich zwei 90-Minuten-Kassetten mit dem Guns N' Roses-Doppelalbum *Use your Illusion* in den Händen. Mein Vater hatte mir eine lebenslange Lektion in perfektem Marketing erteilt, und ich hörte das Doppelalbum in den folgenden Wochen rauf und runter.

Wayne, mein Dealer in Sachen Musikkassetten mit fragwürdigem Inhalt, durfte natürlich von Haus aus schlimme Musik wie Guns N' Roses haben. *Schlimme Musik*, wie meine Eltern Guns N' Roses und Co. nannten, war kein Thema im Hause Wayne – er durfte alles hören und sehen, was er wollte. Während ich mich aber immer noch mit den Beatles trösten konnte, hatte Röchel-Chris es besonders übel erwischt: Seinem Vater kam nur die *Deutsche Grammophon* ins Haus. Überall, auf allen CDs und Kassetten, dieses Gefühl hatte ich bei den Besuchen damals, klebte das gelbe Label dieser Plattenfirma. Selbst über den Gesprächen schwebte das Siegel der *Deutschen Grammophon*. Normale Musik gab es bei Röchel-Chrissens nicht. Nur *Klassik*, wie wir es abschätzig nannten. Offenbar hatte das *Deutsche-Grammophon*-Logo für seine Eltern dieselbe kaufempfehlende Wirkung gehabt wie heute *Parental-Advisory*-Aufkleber. Und so versorgte Wayne nicht nur mich unter der Hand immer wieder mal mit richtiger Musik, sondern auch Röchel-Chris, egal ob Truck Stop oder zwei 90-Minuten-Kassetten mit dem Guns N' Roses-Doppelalbum *Use your Illusion*. Herbert von Karajan, *my Ass*! Wir Kids im musikalischen Untergrund mussten zusammenhalten, und Wayne war dabei unser nie versiegender Quell der Freude. Im Nachhinein betrachtet, war es letztlich so: Eine Band existierte nur, wenn sie Teil des Wayne- oder BRAVO-Universums war. Punkt.

Obwohl er jede Songzeile verstand, interessierte es Waynes Vater herzlich wenig, was seinem Sohn zu Ohren kam. Bei meinen Besuchen tönte von Iron Maiden über KISS bis hin zu Ice-T und Bodycount das gesamte Spektrum an kinderseelenzerstörender Musik durchs Haus. Hörten wir dann in Waynes Zimmer beispielsweise Benjamin Blümchen, dauerte es keine fünf Minuten und sein Vater brüllte, wir sollten den Mist ausmachen, hier, hört euch das mal an, das ist Männermusik, wumms, Slayer, große Kinderaugen. Das verhielt sich diametral zu unserer Familie; wohingegen man sich überraschend einig war, wenn es um *schlimme Sprache* ging. *Schlimme Sprache* war ein Nein-Nein in unserem Hause. Ich persönlich fand es aber immer großartig, wenn Waynes Vater fluchte. Mein Papa fluchte nie, er kam aus einfachsten Verhältnissen, und ein fluchfreier Wortschatz war für ihn vermutlich gleichbedeutend mit gesellschaftlichem Aufstieg gewesen. Aber in einer Sache waren sich beide einig: Erwischten sie ihre Söhne beim Fluchen, gab's Ärger. Doch während mein Papa mir dann geduldig erklärte, warum man das Victory-Zeichen in Anwesenheit von Briten um Himmels willen nicht umgedreht zeigen sollte, schrieb Waynes Vater seinem Sohn mit dem Gürtel hinter die Ohren, dass er *had fucking told you to stop swearin', bloody hell.* Beide Mittel verfehlten ihren Zweck.

Waynes Vater kam gebürtig aus Nigeria und war britischer Soldat. Die Familie wohnte im Briten-Ghetto am Ende der Straße. Unsere beiden Väter waren nur lose befreundet, hauptsächlich unseretwegen. Die beiden teilten höchstens das Interesse für Elvis Presley und die Beatles sowie das Schicksal, Brite in Deutschland zu sein. Waynes Vater machte sich insgeheim immer über meinen Vater lustig, weil dieser *civi street** war, und hielt mich darüber hinaus für ein

---

* Zivilist, sprich: Er hatte nie in der britischen Armee gedient.

Weichei. Mein Papa fühlte sich auf der anderen Seite durch Waynes Vater in seiner Meinung bestätigt, englische Soldaten seien asoziales Pack und die Schande des Empire. Zudem stritten sie sich immer wieder über Sinn und Unsinn des Falklandkriegs, den mein Vater für völlig absurd hielt, was Waynes Vater verständlicherweise ein wenig anders sah, hauptsächlich, weil er dort im bewaffneten Kampf zwei Finger gelassen hatte. Dieses Falkland schien mir damals absurd groß, es gab ja offenbar tausend verschiedene Karten für dieses Land, egal in welche Stadt mein Vater fuhr, sie lag immer in Falkland. Verrückt. Aber unterm Strich hatten die beiden ein gutes Verhältnis, und kein Waynes Vater dieser Welt hätte etwas daran ändern können, dass mein Vater mein Held war. Wayne war bei uns immer willkommen, und klopfte ich an seiner Tür, öffnete mir sein Vater wie immer mit nacktem Oberkörper, Kippe im Mundwinkel, Armeehose an den Beinen und Tattoos überall, mich hereinbittend und fragend, ob alles klar sei, Curly Sue.

Ich hatte diesen Spitznamen irgendwann Anfang der 90er bekommen. Das war nicht immer so gewesen – meistens hieß ich einfach nur *hey you* oder *oi!* –, aber nachdem ich meinen Eltern irgendwann schluchzend erzählt hatte, dass Wayne nicht aufhören wollte, mich mit Curly Sue statt meines Vornamens anzureden und wir uns deshalb geprügelt hatten, empfahlen sie mir, die Gewalthandlungen einzustellen und den diplomatischen Weg zu wählen. Also nahm ich bei der nächsten Gelegenheit Waynes Papa beiseite und erzählte ihm, dass ich es doof finde, wenn mich sein Sohn Curly Sue nenne. Waynes Papa hielt nicht viel von Diplomatie. Diplomatisches Vorgehen endete für ihn beim Kriechöl WD-40. Wenn man ein Problem mit WD-40 nicht beheben konnte, musste man zu härteren Bandagen greifen, da half dann nur noch Gewalt, das war seine Philosophie.

Ich solle ihn doch schlagen, wenn mich das störe, schlug Waynes Vater vor.

Aber mein Vater habe mir aufgetragen, das Problem auf diplomatischem Wege zu lösen, entgegnete ich.

Zivilisten, sagte Waynes Papa und verdrehte die Augen.

Ich hätte es wissen müssen. Der Lieblingsfilm meines Vaters war *Gandhi*. Waynes Vater hingegen hatte alle Rocky-Filme auf Video.

Im Ernst, Curly Sue, fuhr er fort, wenn Wayne mich ärgere, müsse ich diesen *lazy sod* einfach verprügeln. Er mache das doch nicht anders, *mate. For fuck's sake*, ich solle endlich ein Mann werden, Curly Sue. Ob ich in dem Zusammenhang eine Zigarette wolle.

Ich musste blinzeln. Das war neu. Ich fragte mich, ob er jene ominöse Episode, Waynes und meinen kurzen Ausflug in den Drogenhandel, wirklich schon wieder vergessen hatte. Wayne und ich hatten mal durch Nachfragen festgestellt, dass sein Vater für eine Packung Zigaretten mehr Geld ausgab, als wir durch Taschengeld in einem Monat überhaupt einnehmen konnten. Und nicht nur er. Wir hielten in den Folgewochen die Augen offen. Ungläubig nahmen wir zur Kenntnis, dass Erwachsene, statt die Geldscheine auf kurzem Dienstwege direkt anzuzünden, diese erst in Hartgeld und das Hartgeld wiederum in Papier umtauschten, welches offensichtlich um Teeblätter gewickelt war. Entweder waren Erwachsene besonders dumme Menschen, oder dieses *Rauchen* war eine besonders kurz gedachte Form der Geldwäsche.

Das mache keinen Sinn, sagte Wayne mit gerunzelter Stirn.

Nein, pflichtete ich ihm bei. Überhaupt nicht. Gar nicht.

Warum sie nicht einfach uns das Geld gäben, fragte er rhetorisch. Man wisse so viel Besseres damit anzufangen.

Und in dem Augenblick hatten wir beide dieselbe göttliche Eingebung. Schnell hatten wir den Plan ausgeheckt, noch schneller machten wir uns daran, ihn in die Tat umzusetzen. Ich radelte nach Hause, lenkte meine Mutter ab und versteckte ihr Teedöschen feinsten Darjeelings in meinem Rucksack. Sie rief mir noch hinterher, ich solle meinen Bruder mitnehmen. Och nö. Den kleinen Bruder mitnehmen zu müssen hatte sich zum Wermutstropfen sämtlicher Aktivitäten entwickelt. Aber er sei so klein, nölte ich, und stehe oft im Weg rum, und wenn es grad spannend sei, wolle er immer nach Hause oder habe Hunger oder schlafe ein. Ich habe einen kleinen Bruder gewollt, jetzt müsse ich mich auch der Verantwortung stellen, erklärte man mir dann immer. Außerdem nehme Andreas auch immer seine Brüder mit. Aber die seien Drillinge, gab ich zu bedenken, das sei etwas anderes. Doch da hängte meine Mutter schon wieder Wäsche auf oder putzte das Badezimmer. Also kam er oft mit. Er konnte ja nichts dafür, dass er nervte. Allerdings bedeuten vier Jahre Unterschied in dem Alter ganze zeitgeschichtliche Epochen. Aber – er war ein guter Kerl. Also machte ich gute Miene zum bösen Spiel und nahm ihn hin und wieder mit. So ein kleiner Bruder war ja auch ganz praktisch, wenn man Indianer spielte und eine Squaw fehlte oder wieder mal ein Bleichgesicht am Marterpfahl gefoltert werden musste. Bloß ärgerlich, wenn man sich an die Wagenburg herangepirscht hatte und bereit für einen brutalen Überfall auf naive weiße Siedler war, und der kleine Botte dann aufstand und bekanntgab, er müsse mal dringend. Unterm Strich hatten wir uns bloß zum falschen Zeitpunkt kennengelernt. Erst später merkt man, dass einem da ein Mensch geschenkt worden ist, ein Mensch mit dem Potenzial, der beste Freund zu sein, wenn er nicht gerade der kleine Bruder gewesen wäre.

Nur heute konnte ich ihn auf keinen Fall mitnehmen. Kleine Brüder neigten dazu, sich zu verplappern, und Industriespionage war das Letzte, was wir in der Gründungsphase unseres Unternehmens gebrauchen konnten. Ich griff daher auf meinen Notfallplan zurück, der immer funktionierte. Wayne und ich wollten lesen, rief ich meiner Mutter zu, wir bräuchten unsere Ruhe. Und da meine Eltern Bildung im Allgemeinen und das Lesen im Speziellen für essenziell bezüglich meiner geistigen Entwicklung erachteten, war ich fein raus und der kleine Bruder blieb zu Hause. Es war eine einfache Regel: Wenn ich las, musste ich nicht auf ihn aufpassen.

In der Zwischenzeit hatte Wayne in der heimischen Küche Butterbrotpapier gefunden, Schere, Klebstoff und ein bisschen Fantasie gehörten ohnehin zu unserer Grundausrüstung. Die Produktion konnte beginnen. Stolz hielten wir nach mehreren gescheiterten Versuchen unseren Prototyp hoch und drehten ihn im Licht, ihn kritisch von allen Seiten begutachtend. Er war perfekt. Mit gelbem Filzstift hatten wir originalgetreu den Filter nachgebildet, verengte man die Augen, konnte man unsere Schöpfung mit ein wenig gutem Willen tatsächlich mit einer Zigarette verwechseln. Wir waren auf dem richtigen Weg, so viel war klar. Nur noch ein halbes Jahr Arbeit und wir hätten genügend Zigaretten, um das Britenghetto einen Tag lang zu versorgen. Perfekt.

Über Konsequenzen machten wir uns keine Gedanken. Konsequenzen hatten in unserer Welt keine Bedeutung, zumindest nicht in der Planungsphase. Kinder sind schon komisch. Durch eine überaus faszinierende Laune der Natur hat man als Kind beispielsweise nicht die geringsten Skrupel, seinen kleinen Bruder über Stunden systematisch zu foltern, während man gleichzeitig beim Anblick eines toten Vogels weinend zusammenbricht und nicht mehr zu beruhigen ist. Auch konzentriert man sich bei der Vielzahl von pfiffigen und waghalsigen Ideen, die einem als Kind im Laufe eines Tages durch den Kopf gehen, auf die Idee an sich und lässt sich nicht durch Pipifax wie Machbarkeitsstudien oder etwaige Gesetzeskonflikte aufhalten. Mit Hindernissen, geschweige denn mit potenziellen Gefahren hält man sich in dem Alter nicht lange auf. Hauptsache, die Idee an sich ist bescheuert genug.

Kurz: Mögliche moralische Bedenken hatten wir nur deshalb nicht innerhalb kürzester Zeit über Bord geworfen, weil wir sie gar nicht erst an Bord gelassen hatten. Wir gingen mit einer skrupellosen Aufgeschlossenheit ans Werk, die jedem Heuschrecken-Kapitalisten zur Ehre gereicht hätte.

Ob die Erwachsenen wirklich darauf reinfallen würden, fragte ich nach einer Zeit des andachtsvollen Schweigens vorsichtig. Ohne die euphorische Aufbruchstimmung zerstören zu wollen: Man müsse schon irgendwie sichergehen können.

Es brauche einen Testlauf, nickte Wayne.

Und wie der Zufall es wollte, sollten wir ihn im nächsten Augenblick bekommen, denn Waynes Vater, dem die beunruhigende Stille im Kinderzimmer aufgefallen war, platzte zur Tür herein und entledigte uns der Sorge, Erwachsene könnten unser Werk womöglich nicht für eine echte Zigarette halten.

Das sei scheiße, scheiße, scheiße, sagte er, scheiße, scheiße,

scheiße. Zigaretten seien nichts für Kinder, wir sollten bloß die Finger von diesem Mist lassen. Und dann zwang er uns, eine ganze Packung Roth-Händle aufzurauchen. Zur Strafe. Nein, als Lektion. Aber auch zur Strafe. Durch die wir unsere Lektion lernen würden. Auf dem Weg in die Notaufnahme drehte er sich im Renault Espace nach hinten und sagte, übrigens, Scheiße sage man nicht. Und wenn er uns auch nur einmal fluchen höre, wasche er uns das *fucking mouth* mit WD-40 aus.

SCHEISSE
SAGT MAN NICHT,
TEIL 1

Dass man Scheiße nicht sagte, war mir natürlich schon viel früher eingetrichtert worden. Und das trotz meines Sch-Problems. Damals beim Grundschuleignungstest fiel den Pädagogen auf, dass ich *Sss* statt *Sch* sagte.

Alles halb so wild, behaupteten sie. Das sei ganz normal in dem Alter. Im Prinzip, also, in den meisten Fällen erledige sich sowas von selbst. Kein Grund zur Besorgnis.

Gut, sagten meine Eltern.

Aber es erschwere natürlich durchaus den Einstieg in den Klassenverbund.

Aha, sagten meine Eltern.

Man kenne ja Kinder, die seien ganz schnell dabei, wenn es um das Hänseln anderer Kinder mit sprachlichen Defiziten gehe, es entwickle sich da oft eine gewisse Gruppendynamik, eine Lawine komme gern mal ins Rollen, man unterschätze das ja als Erwachsener nur allzu leicht.

Man wüsste gern, fragten meine Eltern, rein interessehalber, ganz unverbindlich, was man denn dann unter einem Grund zur Besorgnis verstehe.

Als ich eine Woche später vom Logopäden wiederkam, fragte meine Mutter, was ich denn gelernt und ob es schon was gebracht habe.

Jau, sagte ich stolz.

Ich solle doch mal hören lassen.

Fissers Fritz fisst frisse Fisse, sagte ich stolz. Was fisst Fissers Fritz?
Frisse ...

Sehr schön, sagte meine Mutter. Dann erzählte ich ihr von meinen Hausarbeiten. Ein neues Wort habe ich gelernt und solle es
stündlich zehnmal aufsagen.

Wie toll, sagte sie, meine ersten Hausaufgaben.

Ja, sagte ich, ßeiße, ßeiße, ßeiße, ßeiße, ßeiße, ßeiße, ßeiße, ßeiße,
ßeiße, ßeiße.

Das war mein letzter Besuch bei jenem Logopäden. Ich war nicht
böse drum, dass ich nicht mehr hinmusste. Natürlich war ich froh,
ein tolles neues Wort gelernt zu haben, und im Wartezimmer hatte
er eine durchaus reizvolle Comicsammlung gehabt. Aber der Logopäde hatte beim Vorsprechen seinen Mund immer ganz weit aufgemacht. Und das war ein Problem.

Hier spiele die Musik, sagte er stets. Ich solle auf seine Lippen
schauen.

Ich guckte krampfhaft auf seine Krawatte.

Also, nein, sagte er, so gehe das nicht. Ich müsse schon auf seinen
Mund schauen.

Aber es ging nicht. Es ging beim besten Willen nicht. Was ich ja
nicht so mag, ist viel Zahnfleisch. Wenn einen Leute anlächeln und
direkt unter der Oberlippe erst eine gigantische Fleischgardine und
dann eine Zahnreihe zum Vorschein kommt, die eher nach Clark
Gables weiß getünchtem Oberlippenbärtchen als nach einem
menschlichen Gebiss aussieht. Hässlich. Ganz hässlich. Als wäre im
Mund noch ein Mund.

Meine Eltern hatten eine Bekannte mit viel Zahnfleisch. Tante Gudrun. Sie war gar nicht meine Tante, aber sie bestand darauf, dass wir Kinder sie Tante Gudrun nannten. Merkwürdig, diese Praxis. Fand ich früher schon immer komisch, und es grenzte in meinen Augen an Nötigung, wenn sie mich dran erinnerte, Tante Gudrun zu sagen. Sie sah immer aus, als hätte sie ihr Gebiss vergessen. Angeblich hatte sie mal, als sie schon längst in den Wechseljahren gewesen war, eine Zahnspange getragen; wie der Kieferorthopäde auf der Fläche Bracketts angebracht hat, ist mir ein Rätsel. Tante Gudrun redete viel. Überhaupt reden Menschen mit Zahnfleisch gern und viel, habe ich das Gefühl. Und lachen laut. Dieses übertriebene, laute Lachen, das ausdrücken soll, guck mal, mir geht's gut, ok, ich bin geschieden und völlig bemitleidenswert, aber gute Laune hab ich trotzdem. Tante Gudrun redete und lachte viel. Und kam immer ganz nah und schaute einen eindringlich an. Aber ich konnte ihr nie in die Augen schauen. Mein Blick wurde von dieser rosanen Wanderdüne im Mundraum magisch angezogen, ich konnte nicht anders.

Man gucke sich mich mal an, lachte Tante Gudrun dann immer. Ganz verschämt sei ich, ganz verschämt, wie niedlich. Und drückte mir dann einen nassen Zahnfleischkuss auf die Stirn oder die Wange, je nachdem, wo sie mich erwischte, bevor ich mich aus ihrer Umklammerung befreien konnte.

Wayne, ein randvoll mit gefährlichem Halbwissen gefülltes Fass ohne Boden, behauptete einmal, dass jeder im Alter viel Zahnfleisch bekomme. Zähne seien wie Ruinen, die mit der Zeit im Wüstensand verschwänden. Deshalb spreche man auch vom »Zahn der Zeit«. Das ergab verdammt nochmal Sinn! Ein Albtraum! Als es Zeit war fürs Abendbrot, ging ich nachdenklich nach Hause. Das war so nicht geplant gewesen. Ich wollte auf keinen Fall im Alter zu Tante Gudrun mutieren.

Nachdem meine Mutter mich fünfmal gefragt hatte, was los sei, gestand ich meine Ängste. Meine Mutter lächelte. Und dann lächelte ich auch. Denn mich hatte die wunderbarste, zahnfleischbefreiteste Kauleiste angegrinst, die man sich vorstellen kann. Meine Ängste waren wie fortgeblasen! Wenn meine Mutter nicht viel Zahnfleisch hatte – und die war ja alt –, dann würde ich wohl auch drumrumkommen. Mutter meinte, das komme vom Zähneputzen. Sie habe sich jahrelang die Zähne geputzt und dabei das Zahnfleisch immer weiter zurückgetrieben.

Wie Archäologen, die Ruinen freilegen, flüsterte ich fasziniert.

Sie sei zwar der Ansicht, dass ihre Zähne alles andere als Ruinen seien, sagte Mutter, aber im Prinzip sei das richtig. Ich weiß bis heute ehrlich gesagt nicht, ob das bloß besonders dreiste Propaganda war oder vielleicht doch ein Fünkchen Wahrheit in dieser Behauptung steckt, aber definitiv bewog mich diese Theorie, regelmäßig und mit neuem Elan die Zähne zu putzen. Und so hieß es jahrelang morgens nach dem Aufstehen und abends vor dem Schlafengehen: LEGO wegräumen, Pillern gehen, Zähneputzen, OMU. Oben, Mitte, Unten, das war die Zauberformel für die Katzenwäsche. OMU. Noch heute verspüre ich einen spontanen Waschzwang, wenn ich im Programm einen Originalfilm mit Untertiteln erspähe.

HELL IS A HALFPIPE

Auch in der vierten Klasse hatte sich am Status quo nichts geändert: Sybille war meine große Liebe. Meine große, unglückliche Liebe. Wir Engländer blühen erst im Tragischen, im Unerreichbaren so richtig auf. Und Sybille war so unerreichbar wie der Mond ohne die passende Rakete. Nicht nur, dass ich meinen Mund in ihrer unmittelbaren Anwesenheit einfach nicht aufbekam, ich wurde auch noch durch zwei völlig symmetrisch an beiden Nasenflügeln wachsende Warzen gehandicapt.

Ich liebte und fürchtete ihn zugleich, diesen kleinen Teufel mit seinen langen blonden Haaren, der immer lässig rotzte und die Nase hochzog. Und vor allem: skatete. Ohne Helm. Und ohne Schoner. Und da ich aus dem großen *Reader's Digest Jugendbuch von 1988* wusste, dass Helm und Schoner durchaus wichtigen Schutz bei Stürzen boten, machte Sybilles Unbekümmertheit sie nur noch attraktiver. Sie war eine perfekte 10.

Wenn ich nach der Schule auf meinem Second-Hand-Fahrrad samt gelbem Filzhelm zum Park fuhr und sie und ihre langen blonden Haare auf dem Skateboard lässig rotzend die Halfpipe hinunterfahren sah, war ich froh, dass wir keine Worte wechselten. Ich war unwürdig. Mir war klar: Wollte ich meine Angebetete nachhaltig beeindrucken, gab es nur zwei Möglichkeiten. Einerseits die Mondrakete. Aber da ich dem Braten noch nicht so recht traute (bislang hatten wir immer nur darüber gesprochen), wollte ich mich nicht allein auf diese Option verlassen. Hier kam Möglichkeit 2 ins Spiel: Ich würde skaten.

Ich brauche auch ein Skateboard, teilte ich meinen Eltern mit.

Das sei zu gefährlich, sagten sie.

Ja, sagte ich. Richtig. Das sei doch der Witz an der Sache.

Ich könne mir die Hände brechen, fuhren sie fort. Und die brauche ich schließlich zum Gitarreüben.

Das mache ich ja eh kaum noch, murmelte ich.

Was, fragten sie.

Nichts, sagte ich.

Ich bekam kein Skateboard.

Natürlich hatte Röchel-Chris eins. Ausgerechnet Röchel-Chris, dieser personifizierte Erstickungstod, hatte ein Skateboard. Und natürlich nicht die Billig-Variante aus dem Baumarkt, auf die ich in meiner Verzweiflung spekuliert hatte, egal, wie erbärmlich Baumarkt-Varianten von Trendsportartikeln sind. Es gibt kaum Gegenstände, die einem größer und greller »Loser« auf die Stirn schreiben als Trendsportartikelvarianten aus dem Baumarkt. Aber lieber den Spatz in der Hand ... Ach, wem will ich etwas vormachen. Baumarkttrendsportartikelvarianten definieren die Tragik des Lebens in all ihren Facetten erst so richtig. Würgromantik, wie manche das nennen. Röchel-Chris hatte kein Skateboard aus dem Baumarkt. Natürlich hatte Röchel-Chris ein richtig geiles Deck aus einem richtigen Skaterladen.

Er skate doch gar nicht, rief ich kopfschüttelnd, als er mir das Ding eines Nachmittags präsentierte. Wozu er denn eins habe.

Keine Ahnung, zuckte er mit den Achseln, seine Eltern hätten halt gefragt, ob er auch so'n Rollbrett haben wolle, und er dann so, warum nicht.

Warum nicht, krisch ich ungläubig und packte in die Wiederholung seiner letzten Worte all meine Frustration ob der Ungerechtigkeiten dieser Welt. Warum nicht?!

Ja, warum nicht, sagte Röchel-Chris und stellte das Brett in den Schrank zu seinen *Masters-of-the-Universe*-Actionfiguren. Komm, er wolle jetzt *Street Fighter* zocken.

Er war dann immerhin so nett, mir sein Skateboard zu leihen, als Dank dafür, dass ich ihn bei *Street Fighter* hatte gewinnen lassen. Und ich sah meine Chance gekommen, Sybille, die Liebe meines Lebens und das tollkühnste menschliche Wesen südlich der Conti-Bronx, nachhaltig zu beeindrucken.

Mit Röchel-Chris' Brett in der Hand und seinen Chicago-Bulls-Basketballhosen an den Beinen – die Alternative wären meine selbstgenähten Jeans-Bermudas gewesen – machte ich mich auf zur Halfpipe unseres Vertrauens. Es war ein sonniger Tag, und so wunderte es kaum, dass neben der erhofften Sybille auch das restliche skateboardende Bielefeld anwesend war. Unerfreut nahm ich zur Kenntnis, dass es offensichtlich Jungs gab, die noch den kleinsten Sonnenstrahl zum Anlass nehmen, sich ihrer Oberbekleidung zu entledigen und ihre im Freibad Hillegossen gebräunten Körper entsprechend zur Geltung zu bringen. Ungefähr zwei Sekunden lang überlegte ich, mein Disney-Club-T-Shirt auszuziehen, aber ich hätte mich in dieser Gesellschaft mit meiner blassen Engländer-Hühnerbrust tatsächlich noch mehr blamiert als mit der skateboardenden Minnie Maus auf meinem Shirt. Dafür hatte ich wie die meisten hier stilecht Chucks an den Füßen und hoffte, es werde niemandem auffallen, dass es Fälschungen von *Reno* waren, die ich gleich anbehalten hatte.

Ich war etwas unschlüssig, wie es nun weitergehen sollte – weiter als bis zu diesem Punkt, bis zur Ankunft an der Halfpipe mit einem Skateboard im Gepäck, hatte ich es nicht durchdacht. Dergestalt überfordert schlenderte ich durch den kleinen Skatepark am Kesselbrink und überlegte, wie sich mein Plan, Sybille zu beeindrucken, am besten in die Tat umsetzen ließe, ohne dass ich dabei auf dieses vermaledeite Skateboard steigen musste. Denn das hatte ich schon auf dem Hinweg gemerkt: Ein Skateboard ist nur so gut wie sein Benutzer, selbst das teuerste Deck wird unter den Füßen eines Dilettanten zur Baumarktvariante eines Trendsportartikels.

Ich schreckte hoch. Jemand hatte mir auf die Schulter getippt, ich drehte mich um. Ein Junge mit nacktem, gut gebräunten Oberkörper nickte in meine Richtung. Verständnislos folgte ich seinem Blick. Als ich wieder nach vorn schaute, begriff ich, was er meinte. Offensichtlich hatte ich mich, völlig in Gedanken versunken, aus Versehen in die Schlange zur Halfpipe gestellt und stand jetzt direkt vor der Leiter. Panisch blickte ich mich um, aber alles, was ich sah, waren ungeduldige Skater, die darauf warteten, dass ich endlich die Leiter hochstieg. Fluchtmöglichkeiten machten gerade Pause. Meine Knie wurden weich. Doch bevor ich eine Entscheidung treffen konnte, hatte mir ein Skater oben auf der Halfpipe schon hilfsbereit das Brett abgenommen und mich gleich mit hochgezogen.

Da stand ich nun. Ich, Röchel-Chris' Skateboard, meine gefälschten Chucks und meine Höhenangst. Oh Gott, war diese verdammte Halfpipe hoch! Von unten sehen große Höhen immer relativ harmlos aus, ich weiß noch, wie meine Eltern mal mit uns Kindern in Berchtesgaden wandern waren, und mein Vater mich mehrmals eindringlich fragte, ob ich wirklich mit auf den Gipfel des Jenner klettern wolle, und ich so, klar, warum nicht, voll der kleine Berg und so. Als wir dann oben waren, klammerte ich mich an die nächstbeste Brüstung und beteuerte, hier für immer leben und stets brav meine Hausaufgaben machen zu wollen, wenn ich bloß nicht wieder diesen steilen Berg runtermüsse, nie im Leben könne ich da runter, nein, nein, nein.

Ähnlich war es mir schon bei der Seepferdchenprüfung ergangen. Im Prinzip hatte ich das Ding schon in der Tasche, bis auf den Sprung vom Beckenrand.

Ich solle springen, befahl die Lehrkraft.

Ich schaute über den Rand ins Wasser. Von unten hatte es wie immer halb so schlimm ausgesehen, aber aus dieser Perspektive wusste ich, dass ich alles, nur nicht springen würde. Ich schüttelte den Kopf. Wenn man eine Höhenangst wie ich hat, dann ist ein Sprung vom Beckenrand ins Wasser wie der Basejump von einem Wolkenkratzer in den Betondschungel New Yorks – der erzwungene, wohlgemerkt, mit der Pistole auf der Brust.

Ich solle mich nicht so anstellen und endlich springen, das könne doch nicht so schwer sein, wiederholte er und blickte ungeduldig auf seine Uhr.

Nein, sagte ich, ich wolle nicht springen.

Nun wurde es ihm doch langsam zu bunt.

Er zähle bis drei, wenn ich dann nicht gesprungen sei, könne ich was erleben. Alle seien gesprungen, und ich werde es auch tun.

Nein, widersprach ich.

Ich solle ihn doch erstmal zählen lassen, fuhr er mir über den Mund.

Eins.

Zwei.

Zweieinhalb. Aber dieses Spielchen hatte schon bei meinen Eltern nie funktioniert.

Drei.

Ich sprang nicht.

Na gut, dann eben auf die harte Tour. Ich müsse hierbleiben, bis ich gesprungen sei, sagte er und ging.

Als er nach gefühlt Tagen wiederkam und meine Klassenkameraden bereits umgezogen und zur Abfahrt bereit im Foyer warteten, wurde der Lehrer langsam unruhig. Ich stand immer noch zitternd am Beckenrand. Ich war nicht gesprungen. Kopfschüttelnd schickte er mich zum Umziehen. Ich habe bis heute mein Seepferdchenabzeichen nicht gemacht. Ich bin offiziell immer noch Nichtschwimmer.

Und jetzt stand ich am Rand der größten Halfpipe der Welt, alle Augen auf mich gerichtet, wirklich alle Augen, alle zweitausend Augen im Skatepark auf dem Kesselbrink in Bielefeld, alle zehn Millionen Augen erwarteten jetzt allen Ernstes, dass ich mich todesmutig und lebensmüde, ohne Fallschirm, Netz und doppelten Boden, auf einem drei Zentimeter dicken Brett die Eiger-Nordwand hinabstürzen würde, in der Hoffnung, Isaac Newton sei gerade pinkeln. Mir ging der Arsch auf Grundeis. In aller Panik versuchte ich, rational an die Sache heranzugehen. Was konnte mir schon großartig passieren. Und wie so oft in Extremsituationen war auch jetzt mein Hirn zu Höchstleistungen fähig. Ich bekam die Antwort sofort. Vor meinem geistigen Auge erschien die Silhouette meines Körpers. Auf alle möglichen Stellen wiesen Pfeile, welche in größter Detailfreude die im Falle eines Sturzes möglichen Spiral- und Torsionsfrakturen, die zu erwartenden Berst- und Abrissfrakturen zeigten, und, als sei dies nicht Service genug, kramte ich zu jedem Knochenbruch das entsprechende Beispielvideo aus meiner Erinnerung hervor. Nun rächte sich, dass wir einmal im Monat unser Taschengeld zusammenschmissen, um uns die neueste Skateboard-VHS-Kassette mit den dreckigsten, blutigsten, übelkeiterregendsten Stürzen zu kaufen. Mir wurde schlecht. Als führe Hitchcock höchstselbst vor meinem inneren Auge Regie, blickte ich in den Abgrund der Halfpipe und sah den riesigen VANS-Aufkleber wie im Vertigo-Effekt auf mich zurasen. Und als sei der Schweiß, der stellvertretend für Urin meine Hosenbeine hinunterlief, nicht genug, blendeten sich alle fünfzehn Milliarden Augen aus, bis auf zwei, jene von Sybille, die mich aufmunternd anblickte, ihre blonden langen Haare zurückwarf, vor sich hin rotzte und ihren Kopf für mein Gefühl zwei Zentimeter zu weit in Richtung eines benachbarten nackten Jungen-Oberkörpers neigte. Das war eindeutig das Ende der Welt. Ich hätte genau diese Situation gegen jede Warze, jede Vorhautverengung, jeden Heuschnupfen eingetauscht. Die Musik wurde mit jeder Sekunde dramatischer, die Blicke eindringlicher, die Wolken dunkler, ich hoffte mehr denn je, Teil einer Fernsehserie zu sein, die genau jetzt einen Cliffhanger einbauen und mich auf nächste Woche vertrösten würde. Aber ganz tief im Inneren wusste ich, dass ich hier oben, inmitten dieser Menschenmassen, völlig auf mich gestellt war. Ich schloss die Augen. Es gab nur zwei Möglichkeiten: mich aufs Brett stellen und der Schwerkraft überantworten. Der sichere körperliche Tod. Oder das Brett schultern und das Weite suchen. Der sichere gesellschaftliche Tod. Und das endgültige Ende einer möglichen Zukunft mit Sybille. Ein klassisches Patt.

Ich wischte meine schweißgetränkten Hände an Röchel-Chris' Basketballhosen ab. Und spürte etwas Hartes in der Tasche. Eine Erektion war es nicht, soviel war sicher. Ein Lächeln umspielte meine Lippen. Denn das, was ich spürte, war meine Erlösung, der Ausweg aus dieser vermeintlich ausweglosen Situation.

Ich blickte zu Sybille, atmete tief durch und sank langsam auf die Knie. Während ich wie in Zeitlupe zu Boden ging und mir mit der linken Hand an die Kehle fasste, riss ich meine rechte Hand aus der Hosentasche. Und der Plan ging auf. Knapp vierzig Augen schauten mich voll tiefen Verständnisses an, als ich Röchel-Chris' Asthma-Spray für alle gut sichtbar, vor allem Sybille, in die Höhe streckte.

Mitleidig schaute mich Sybille an, als ich auf zwei Skater gestützt den kleinen Park verließ. Mitleid war natürlich nicht gerade das, was man eine fette Beute nennen konnte, aber immer noch besser als die mir vor ein paar Minuten noch blühende Verachtung. Sie klopfte mir auf die Schulter und zog aufmunternd die Nase hoch.

Nächstes Mal, sagte sie.

Es sollte kein nächstes Mal geben. Aber ich war wie im siebten Himmel. Sie hatte mir auf die Schulter geklopft.

Überhaupt war Sport nicht mein Ding. Und wenn Sport, dann Fuppes. Wobei: Wird man in Bielefeld geboren oder wächst man hier auf, hat man bezüglich der schönsten Nebensache der Welt nur zwei Möglichkeiten: Man ist Fan der Arminia. Oder man interessiert sich nicht für Fußball. Es gibt Stimmen, die behaupten, das sei dasselbe.

Ich war sehr fußballorientiert, aber eben nur vom Sofa aus. Es war weniger so, dass ich zwei linke Füße hatte – vielmehr schien es, als hätte ich gar keine. Jeder Maulwurf wäre ein besserer Stürmer gewesen, jedes Contergan-Opfer ein besserer Torwart. Ich musste dann auch irgendwann zur Gymnastik wegen meiner Koordinationsstörungen. Gebracht hat es nichts, außer, dass ich keine Ausrede mehr für meine mangelnde fußballerische Begabung hatte, da ich ja angeblich nach den acht Gymnastikstunden, die die AOK mir zugebilligt hatte, geheilt war. Man erklärte meine Unfähigkeit fortan damit, dass ich Engländer sei. Da schien etwas Wahres dran zu sein. Alles, was über das einfache Gehen hinausging, überforderte mich motorisch. Da schieden natürlich weite Teile der Bewegungskultur als Extremsportarten direkt aus.

Bei mir fängt Extremsport schon beim Purzelbaum und beim Wechseln einer Glühbirne an. Ersteres habe noch nie gemacht, zweiteres tue ich grundsätzlich nur unter Aufsicht. Skateboarden war und ist darum erst recht nichts für mich. Da hatten meine Eltern ausnahmsweise mal recht behalten. Und ich hielt mich künftig von jeglicher extremsportlicher Betätigung fern. Am nächsten kam ich ihr nochmal in der Phase, da ich es für sinnvoll erachtete, bei Konzerten von einer Bühne in die ausgestreckten Arme des Publikums zu springen. Das muss man sich mal auf der Zunge zergehen lassen: Durch einen Urwald ausgestreckter Arme ließ sich mein Hirn tatsächlich von der Tatsache ablenken, dass sich unter diesem Urwald theoretisch zwei Meter freier Fall befanden. Und nicht nur das. Da hätte ja alles Mögliche passieren können. Ich persönlich sprang ja immer vorwärts. Was da hätte ins Auge gehen können. Vor allem Finger. Oder in die Hose. Vor allem Fäuste. Aber so war das eben mit fünfzehn, sechzehn: Kein Sprung, kein gutes Konzert. Hedonismus in Reinkultur.

Mit dem Alter wandelt sich ja der Anspruch an einen unterhaltsamen Live-Abend. Heutzutage hält man sein iPhone in die Luft, fotografiert die Bühne und zeigt dann der Begleitung ein Bild, dass man gerade genausogut live, in echt und in hoher Auflösung hätte haben können. Als Jugendlicher möchte man einfach so viel Spaß haben, wie in zwei Stunden Live-Musik reinpassen, da ist die Band auf der Bühne fast egal, die Vernunft wird mit der Jacke an der Garderobe abgegeben oder gleich in irgendeine vollgekotzte Ecke geknallt, man klettert auf die Bühne, auf Schultern, auf Hände, auf Schnapsleichen und dann ab dafür. Das ist mit Vernunft nicht zu erklären.

Meistens ging es ja glimpflich ab. Aber dann kam dieses eine Konzert, auf dem ich meinte, mit 18 noch mal stagediven zu müssen. Wahrscheinlich wollte ich die Frau, die alles veränderte, beeindrucken. Zunächst ging auch alles gut. Ich kletterte auf die Bühne, entkam den Roadies, die ja immer versuchen, uns Springer zu haschen. Lustiger Sport. Ich sprang, wurde gefangen und crowdsurfte so vor mich hin, als ich leicht beunruhigt zur Kenntnis nahm, dass die Reihe, in deren Richtung ich gerade getragen wurde, sozusagen die letzte vor einer riesigen klaffenden Lücke war.

Äh, Leute, rief ich. Weiter kam ich nicht. Mit dem Kopf voran versank ich im Marianengraben, und da die letzte Reihe noch brav meine Fußgelenke trug, knallte ich dann nicht ganz so hart, dafür aber mit dem Becken voran auf den harten Steinfußboden. Es waren die schlimmsten Schmerzen, seit die Mullbinde nach meiner Beschneidung festgetrocknet war. Danach habe ich nie wieder gestage-divet. Ein Konzert als Erweckungserlebnis, in etwa so erweckend wie einst die Nacht vor dem letzten Grundschultag, als ich von meinem eigenen Mundgeruch wachwurde und mit meinem Kopf gegen den Lattenrost im Etagenbett über mir knallte. Da wird aus bösem Odem ganz schnell ein böses Ödem.

ABSCHIEDE

Und dann standen die Sommerferien vor der Tür. Und zum ersten Mal in meinem Leben hasste ich den Gedanken daran. Es war mein letzter Schultag mit Sybille. Sie würde nach den Sommerferien auf die Realschule, ich aufs Gymnasium gehen. Ich würde sie nie wiedersehen. Und sie war alles, was ich die letzten Jahre gesehen hatte. Sie hatte zwei Jahre lang neben mir gesessen und ich stummes menschliches Gewebe hatte es nicht übers Herz gebracht, die Liebe meines Lebens auch nur einmal anzusprechen. Nur gestarrt hatte ich, in Rechnen, in Schreiben, in Basteln, selbst in Turnen. Aber mehr als ein stummer offener Mund war dabei nicht herumgekommen.

Dabei haderte ich am meisten mit mir selbst. Ein paar Wochen zuvor war ich heulend nach Hause geeilt. Meine Mutter hatte mit ihren Fragen gewartet, bis wir am Mittagstisch saßen. Was denn los sei.

Sybille sei los, schniefte ich, ich würde sie hassen.

Warum ich sie hasste, wollte meine Mutter wissen.

Sie verprügle mich. Das sei doof. Sie solle das lassen.

Ein leises Schmunzeln umspielte die Lippen meiner Mutter, ich fasste es als Häme auf und stand wutentbrannt auf. Mutter hielt mich fest.

Das meine sie nicht so, erklärte sie lächelnd.

Wie denn dann?

Das sei ihre Art, mir zu zeigen, dass sie mich möge. Was sich liebe, das necke sich.

Bass erstaunt riss ich meine Augen auf.

Sybille verprügle mich, weil sie mich möge? fragte ich ungläubig.

Ja, sagte meine Mutter, das könne gut sein. Man wisse oft nicht seine Gefühle auszudrücken in dem Alter.

Ich krieg' die Tür nicht zu, sagte ich kopfschüttelnd. Mädchen seien komisch.

Ich solle aufessen, dann könne ich in mein Zimmer, sagte meine Mutter.

Mein Herz machte einen Hüpfer. Es bestand die Chance, dass Sybille mich mochte. Am nächsten Tag hielt ich auch die andere Wange hin.

Dank meiner Mutter wusste ich also, dass es die halbe Miete sein würde, den Mund aufzubekommen und mit ihr zu reden, aber dann schaute sie mich mit diesem Blick an und es blieb beim offenen Mund. Und er blieb bis zum Ende der vierten Klasse offen, bis zum letzten Schultag, bis zur letzten Stunde, bis zum Verlassen des Klassenraums.

Bis wir auf dem Schulhof standen. Und sie sich auf einmal umdrehte und mich anschaute.

Ich weiß noch, wie ich zusammenzuckte und wahrscheinlich wie durch eine Explosionsdruckwelle mehrere Meter zurückgeschleudert wurde, weil ich mit allem, nur nicht damit gerechnet hatte, dass sie mich bemerken würde.

Sie habe noch meinen Füller, sagte sie und reichte ihn mir.

Mein Mund: offen.

Sie seufzte.

Sommerferien, was? sagte sie und warf ihr blondes Haar zurück.

Mein Mund: offen.

Man sehe sich nie wieder, sagte sie. Nie wieder. Schade, sagte sie. Mein Mund: zu.

Schade, sagte sie. Sie hatte »Schade« gesagt. Hatte sie gerade »Schade« gesagt? Was zur Hölle? Mein Herz klopfte immer schneller. Was, wenn Mutter tatsächlich recht gehabt hatte? Was, wenn ich weite Teile meines Lebens und alle Chancen auf eine glückliche Liebe mit Starren und Schweigen verschwendet hatte? Was, wenn dieses *Schade* genau das meinte, was ich kaum zu hoffen wagte? Und dann drückte sie ihre Lippen auf meine. Mein Herz, bis zu diesem Moment bloß durch 360 bpm unangenehm auffallend, erschrak, sprang aus seiner Verankerung, legte eine perfekte Slalomschussfahrt um meine inneren Organe hin, als sei mein Abdomen Kitzbühel, und verschwand auf Nimmerwiedersehen im Boden, der sich spontan unter mir aufgetan hatte. Ein Himmelschor lobpreiste. Die Sonne schien, wie sie nie zuvor geschienen hatte. Und Sybilles Lippen umschmeichelten meine, als seien sie der Quell ewigen Labellos. Ich verlor das Bewusstsein. Ich sah sie nie wieder. Als ich aus meinem Stupor erwachte, war sie weg und ich hockte auf der Kreuzung des Verkehrserziehungsschulhofs. Ich würde sie nie vergessen. Und ich bereute, so gut gewesen zu sein in der Schule.

Wir fuhren in den letzten zwei Wochen der Sommerferien immer nach Südfrankreich, dort besaß mein Großvater ein Haus. Ich war zwiegespalten: Zum einen freute ich mich wie ein Irrer auf den Urlaub an der Côte d'Azur, zum anderen hatte ich ein recht ambivalentes Verhältnis zu meinem Opa. Meinen Vater hatte er als Kind nicht besonders gut behandelt, was ihn mir, der ich meinen Vater ja mochte, nicht unbedingt sympathischer machte. Nichts lag meinem Opa ferner als zwischenmenschliche Beziehungen. Er hatte vermutlich bereits im Zweiten Weltkrieg seinen Verstand verloren, als er von seinem Schiff fiel und mehrere Stunden im Eiswasser verbringen musste, bevor er wieder eingeholt wurde. Er kam nicht sonderlich gut mit Menschen zurecht, und noch weniger mit Kindern. Opa hatte im Großen und Ganzen nicht den blassesten Schimmer, was er mit seinen Enkeln anfangen sollte.

Einmal schenkte er mir ein kaputtes Radio.

Danke, sagte ich, weil man mir das beigebracht hatte.

Was ich denn damit anfangen solle, fragte mein Vater entgeistert.

Ich könne dran herumbasteln und reparieren, sagte mein Opa, alle Jungs bastelten gern, ich dürfe auch sein Werkzeug verwenden.

Ich sei fünf, rief mein Vater und raufte sich die Haare. Fünf!

Verständnislos schaute Opa erst meinen Vater, dann mich an. Er zuckte mit den Achseln und fühlte sich missverstanden. Und ich wusste es nicht besser. Ich hatte nur diesen einen Opa.

Ganz hart traf es ihn, als mein Vater eine Deutsche heiratete. Das war Hochverrat. Und als wir 1990 den Sieg bei der Weltmeisterschaft feierten, war das ein schwarzer Tag für ihn. Als hätte Deutschland nachträglich am grünen Tisch den Sieg im Zweiten Weltkrieg zugesprochen bekommen. Vier Jahre später konnte er sich wiederum ein Lächeln kaum verkneifen, als die Deutschen als von Bulgaren geprügelte Hunde vom Platz schlichen. Und als Frankreich 1998 Weltmeister wurde, bestand er darauf, dass wir jeden Morgen statt eines Tischgebets vor dem Frühstück die *Marseillaise* sangen. Da war es dann auch egal, dass er während der gesamten WM geschimpft hatte, dass »diese Araber« doch keine echte französische Nationalmannschaft seien. Weitere vier Jahre später wurde Deutschland Vizeweltmeister. Mein Opa erlebte das nicht mehr. Er hatte rechtzeitig das Zeitliche gesegnet, was für alle Beteiligten das Beste war.

Mit alten Menschen machte ich auch sonst nicht die besten Erfahrungen. Unser Hausmeister war ein garstiger alter Mann, der aufgrund seines Kehlkopfkrebses durch einen elektronischen Stimmverstärker sprechen musste. Das war nicht immer ohne Komik, vor allem, wenn er wieder mal einen seiner cholerischen Anfälle hatte, weil wir im Garten Fußball spielten und ein, zwei Blätter von den dummen Bäumen geschossen hatten. Dann jagte er uns hinterher, die rechte Faust in der Luft, die linke Hand am Kehlkopf, und beschrieb mit Donald-Duck-Stimme ausführlich, was er mit uns tun werde, wenn er uns erstmal erwischt habe. Ich glaube, dass er es gebrüllt hat, zumindest hat er es bestimmt so gemeint. Allein, es kam nicht so rüber.

Ganz anders Frau Dreiermann. Frau Dreiermann wohnte auf der anderen Seite des Hausflurs und war die gute Seele des Hauses. Wenn meine Eltern nicht da waren, passte sie auf uns auf, was wir besonders toll fanden, da wir keinen Fernseher hatten, Frau Dreiermann aber schon. Ob wir das denn schon schauen dürften, fragte Frau Dreiermann, wenn wir bei ihr die *California Highway Patrol* guckten oder das *A-Team*, und mein Bruder und ich antworteten unisono, na klar. Na gut, sagte dann Frau Dreiermann und verteilte Ahoi-Brause. Da wir nie eine Oma als Referenz gehabt hatten, war Frau Dreiermann einfach die nette Frau Dreiermann von nebenan, in Wahrheit aber war sie mangels einer eigenen die beste Oma, die wir uns hätten wünschen können.

Ihr Lieblingsfilm war *Die lustige Welt der Tiere*, eine Dokumentation über das Tierleben im Okawango-Becken. Alle naselang klopfte sie an unsere Tür und fragte, ob wir rüberkommen wollten. Wir wollten. Und dann lachten wir gemeinsam über die hin und her schwankenden Tiere, die gegorene Früchte genossen hatten und völlig betrunken waren. Dann holte Frau Dreiermann ihren besten Himbeerlikör aus dem Schrank, schenkte sich reichlich ein, auch wir Kinder durften ganz kurz nippen, und dann spielten wir Betrunkensein, wobei Frau Dreiermann wahrscheinlich gar nicht so viel spielen musste. Es war ein Riesenspaß. Als ich Jahre später erfuhr, dass sie gestorben war, ging ich in Bielefelds edelstes Feinkostgeschäft, kaufte besagten Himbeerlikör, setzte mich in den Park und trank auf Frau Dreiermann. Trauer, so sagt man, hat viele Gesichter. Ich habe nie eine schönere Trauerfeier erlebt.

Beerdigungen waren sonst generell nicht so meins. Ich hatte schlechte Erfahrungen mit der von Röchel-Chris' Mutter gemacht. Die Zuwendung, die er von allen Seiten erfuhr, machte mich rasend eifersüchtig, und ich erinnere mich, dass ich damals, nach der Beerdigung, in einem Moment völliger geistiger Umnachtung, ganz kurz den Wunsch verspürte, Mutter möge auch sterben. Wobei, weniger meine Mutter als *eine* Mutter. Natürlich wünschte ich mir nicht wirklich, dass meine Mutter starb, um Gottes willen. Ich liebte meine Mutter, sogar sehr, aber da meine beiden Großmütter die Frechheit besessen hatten, bereits vor meiner Geburt das Zeitliche zu segnen und sich das öffentliche Mitleid deshalb eher in Grenzen hielt, denn niemand empfand Mitleid für jemanden, dessen Großmütter schon lange von Würmern verdaut worden waren, lag Röchel-Chris uneinholbar in Führung. Und das machte mich sehr, sehr neidisch.

Irgendwie bizarr, dass man irgendwann im Laufe der vierten Klasse plötzlich den Ehrgeiz bekommt, nicht mit den restlichen Versagern auf der Realschule zu landen, was weniger erhöhter Lernmotivation entspringt als schlichtem Überlebenswillen. Man will sich ja nicht am ersten Schultag der fünften Klasse plötzlich neben dem jungen kräftigen Mann wiederfinden, dem man am letzten Schultag von hinten in den Arsch trat – als Rache für alle Gemeinheiten, die jener kräftige und zweimal sitzengebliebene junge Mann einem im Verlauf der Grundschulzeit angedeihen ließ –, worauf man alle Beine in die Hand nahm und wegrannte, im guten Wissen, den dergestalt Gedemütigten nie wiedersehen zu müssen, ohne allerdings wissen zu können, dass genau dieser kräftige und vom eigenen Vater im Fach Faustrecht ausgebildete junge Mann aufgrund der zwei Ehrenrunden überraschenderweise doch noch die Qualifikation für das Gymnasium erworben und die zukünftige weiterführende Lehranstalt einen mit ebenjenem Kräftigen in eine Klasse einsortiert hatte, im Glauben, den beiden dank gemeinsamer Vergangenheit Verbundenen durch das Wiederfinden eines alten Freundes den Einstieg in die neue Schulwelt erleichtern zu können. Allzuoft entpuppt sich die neue Schule weniger als weiterführend denn als abführend, weil man, Überraschung, neben seinem kräftigen Erzfeind sitzt und dieser die Sommerferien effizient genutzt und noch einmal mehrere Zentner zugenommen hat. An Muskelmasse.

Ich vermisste Wayne. Ungefähr zur Hälfte des letzten Schuljahres waren wir mit der dräuenden Katastrophe konfrontiert worden: Man würde Wayne und mich auseinanderreißen. Während Röchel-Chris, zwei der Baumann-Drillinge und meine Wenigkeit ihre Schullaufbahn auf demselben Gymnasium und Andreas Baumann immerhin auf dem benachbarten fortsetzen sollten, schickten Waynes Eltern ihn auf die Gesamtschule am anderen Ende der Stadt. Was gefühlt ein anderes Land war. Eine Welt brach für uns zusammen. Sybille zu verlieren war das eine, aber Wayne zu verlieren bedeutete nicht mehr leben. Wir würden uns doch weiterhin sehen, versuchten unsere Eltern uns zu beschwichtigen, wir wohnten doch in unmittelbarer Nachbarschaft und seine Schule sei doch immerhin bloß in Stieghorst. Stieghorst! Das war ja fast an der Autobahn, und die Autobahn war so ziemlich das Ende der Welt, die Bielefeld hieß. Wir schworen uns, immer Freunde zu bleiben. Wir konnten das Gefühl nicht benennen, aber wir ahnten, dass sich bald alles ändern würde, dass die kommenden Sommerferien die letzten ihrer Art sein würden, bevor unser Universum für immer in seinen Grundfesten erschüttert würde. Und so gingen wir mit noch größerer Motivation an das Projekt Mondrakete. Die Mondrakete sollte ein Denkmal unserer Freundschaft werden.

REISEZIEL MOND

TEXT: VÉROLLET ZEICHNUNG: FLIX

DIE VERREGNETEN ERSTEN WOCHEN DER SOMMERFERIEN NUTZTEN WIR, UM IN DEN TIM & STRUPPI-BÄNDEN DIE MONDRAKETE ZWECKS NACHBAU EN DETAIL AUSZUSPÄHEN.

AHA!

MAMA, WIR BRAUCHEN GANZ VIEL STAHL, EINE TONNE UND NOCH EINE TONNE KEROSIN, WEISSE FARBE UND ROTE FARBE, EIN FUNKGERÄT, EINE ENGLANDFAHNE, EINE DEUTSCHLANDFAHNE, DREI ASTRONAUTENANZÜGE UND ETWAS WELTRAUM- NAHRUNG.

H.

H.

KANNST DU UNS DAS BESORGEN?

NEIN.

WARUM NICHT?

...UND DANN ZUM DRITTEN MAL DEN FLUR WISCHEN MUSS, WEIL IHR DEN DRECK JEDES MAL WIEDER MIT REIN BRINGT, WENN IHR VON DRAUSSEN KOMMT!

ALSO PLAN B!

Plan B

- 2 Öltonnen aus dem Steinbruch im Wald
  └→ Rot / Weiss anmalen

- Frau Dreiermann fragen, ob wir den alten Terassenstuhl haben können.

- Mamas Trittleiter (mit der sie die Gardinen auf- hängt)

- Alufolie, damit die Rakete nicht ~~ver~~ verglüht. →

- Eimer (für Schwarzpulver)

- Plexiglasscheiben vom Gewächshaus (für Cockpit)

ZK

Plötzlich war alles anders. Plötzlich hieß Rechnen Mathe, Schreiben Deutsch, Basteln hieß Kunst und Turnen jetzt Sport. In einem Moment war das Wegschubsen eines Mädchens mittels eines kräftigen Stoßes vor die Brust noch das Wegschubsen eines Mädchens mittels eines kräftigen Stoßes vor die Brust, im nächsten eine sexuelle Belästigung. Was sollte'n das heißen, *fass mich da nicht an*. Und warum war *da* auf einmal was? Sowas hatten doch nur Mamas! Und trugen sie deshalb beim Schwimmen jetzt alle Oberteile?

Dieser plötzliche Paradigmenwechsel hatte mich kalt erwischt. Dass meine Eltern sehenden Auges in diesen aufkommenden Sturm namens Pubertät gingen, nötigt mir größten Respekt ab. Ich weiß nicht, wie sie diese willkürlich auftretenden emotionalen Achterbahnfahrten ausgehalten haben. An ihrer Stelle hätte ich mich bei den ersten Anzeichen im Luftschutzkeller verschanzt und einen Exorzisten gerufen.

Obendrein taten sich von einem Tag zum nächsten körperliche Abgründe auf. Beim morgendlichen Verlassen des Bettes fühlte man sich immer mehr wie Gregor Samsa. Urplötzlich war da was, da unten. Und es regte sich. Und meldete sich in den ungünstigsten Situationen zu Wort. Aus heiterem Himmel hatte man plötzlich Erektionen, musste gebeugt wie Quasimodo über die Gänge des Gymnasiums schleichen, ärgerte sich, dass der Brustbeutel mit der Monatskarte und dem Milchgeld nicht tiefer hing, und konnte nur hoffen, dass man nicht weiter auffiel und etwaige Beobachter es für eine schlechte Imitation der neuesten Eurodance-Choreografie hielten. Mich dünkte, dieses ganze Herumexperimentieren mit dem LEGO-Technik-Pneumatikquatsch hatte bloß einen Grund gehabt: Es sollte einen auf die der Pubertät geschuldeten Hubbewegungen im Schritt vorbereiten. Grundsätzlich überfordert mit der von einem Tag zum anderen erwachenden eigenen Sexualität versuchte man die Softporno-Porträts in der BRAVO zu überblättern, blieb dann doch an ihnen hängen und hatte dann mitten im Matheunterricht mit einem monströsen Ständer zu kämpfen, den noch nicht mal der Blick auf den männlichen Nackten um das gestaute Blut bringen konnte. Wie sollte man sich denn nur ohne Blut im Hirn die binomischen Formeln aneignen?

Noch schlimmer war der Sportunterricht. Ausgerechnet dann, als die Pubertät mit hormonellen Massenvernichtungswaffen nur so um sich warf, sah der Lehrplan Bodenturnen vor. Der Krieg der Pheromone eskalierte, das Gemenge aus neonfarbenen, hautengen Leggings, Die-Ärzte-T-Shirts und frischem Mädchenschweiß verfehlte seine Wirkung nicht, uns Jungs schwammen die Köpfe, wir wussten nicht, wohin mit dieser rohen sexuellen Energie, die uns jetzt in regelmäßigen Abständen mit der Macht eines Tsunamis erwischte. Augen zu und durch, war die Devise. Einfach irgendwie überleben und diesem erotischen Fegefeuer entkommen. Hauptsache, man hatte als Hilfestellung beim Handstand einen männlichen Partner, sonst konnte man für nichts mehr garantieren. Als Ostwestfale neigt man zwar eher selten zu exothermen Reaktionen, aber es hatte nun mal nicht jedes Mädchen verstanden, dass BHs nicht mehr bloß modischer Luxus, sondern längst bitter vonnöten waren, um eine wachsende Begeisterung untenrum zu verhindern, und man wollte nicht derjenige sein, der sie darüber aufklärte. Man verweigerte, wenn man einem Mädchen zugewiesen wurde – und wenn's die Note kostete. Ein Eintrag ins Klassenbuch war immer noch besser als die Peinlichkeit eines für alle gut sichtbaren Tipis in der Lendengegend.

Wie man überhaupt auf die Idee kommen konnte, in der Zeit auch noch Schwimmunterricht anzubieten, ist mir ein völliges Rätsel. Von akuter Pubertät geplagte Jungs mit durchnässten halbnackten Mädchen zusammenzupferchen zeugt nicht gerade von Einfühlungsvermögen. Geradeaus zu schwimmen war da oft ein Ding der Unmöglichkeit, fungierte das Glied doch gern mal als Ruder. So viel Blut konnte die Weltbevölkerung gar nicht spenden, wie Teile meines Körpers stauen wollten. Und ich Narr hatte gedacht, die feste Zahnspange sei das Schlimmste, was mir passieren konnte.

Mein Sitznachbar Felix, ein fleischiger Junge mit zwei sich unglücklich konterkarierenden Wirbeln in seinem pechschwarzen Haupthaar, der uns regelmäßig unter der Hand mit Schokoriegeln aus dem Schulkiosk seines Vaters versorgte und jeden Tag mit einem Aktenkoffer zur Schule kam, entwickelte eine recht unorthodoxe Methode, mit dem Problem des unerwarteten Blutstaus umzugehen. Jedes Mal, wenn sein Penis Luftballon spielte, holte er ihn einfach raus und ließ ihn unterm Tisch frei herumstehen, als sei unser Klassenraum ein Strand der ehemaligen DDR. Ich weiß nicht, wie lange er diese Freischwellkörperkultur schon praktiziert hatte, als ich das erste Mal aus dem Augenwinkel einer roten Bockwurst gewahr wurde, mich hindrehte und dachte, ich sehe nicht richtig.

Pack den Scheiß weg, zischte ich.

Aber es tue so weh in der Hose, flüsterte er zurück.

Willkommen im Club, zischte ich erneut.

Was denn los sei, fragte Maren von links flüsternd.

Felix habe seinen Penis herausgeholt, zischte ich zu ihr rüber.

Mit großen Augen schaute sie unter den Tisch. Als ihr Kopf wieder hochkam, war er tiefrot. Nachdem sie den Schock verdaut hatte, drehte sie sich zu ihrer Sitznachbarin. Das Stille-Post-Prinzip funktionierte einwandfrei. Keine zwei Minuten später tippte Felix' rechte Sitznachbarin Pia ihm auf die Schulter und sagte, sie habe gehört, er würde seinen Penis ...

Ab dem Tag hieß er nur noch *Felice le Penis*. Der Unglückliche hatte eine zeitliche Erektionsdichte, die des San Fernando Valleys würdig gewesen wäre. Eines Nachts wurde ihm dieser Umstand auf einer Klassenfahrt zum Verhängnis. Er war bereits im Hochbett schlafen gegangen, die anderen spielten unten *Negern**, als wir aus seiner Koje plötzlich leise Seufzer hörten. Wir grinsten uns an. Da hobelte sich wohl wer einen, diese Sau! Er solle aufs Klo gehen, wenn er sich einen keulen wolle, riefen wir. Von oben keine Reaktion, im Gegenteil, das Glucksen nahm zu. Penetrantes Ferkel! Jetzt waren wir neugierig. Wir kletterten hoch, um nachzuschauen, und entdeckten einen selig schlafenden Felix, der ein Zelt gebaut hatte, welches den Circus Krone vor Neid hätte erblassen lassen. Diese Chance konnten wir uns nicht entgehen lassen. Ganz vorsichtig zogen wir ihm die Flanellschlafanzughose herunter, zählten leise bis drei und hauten

---

* Ich hätte gern eine politisch korrekte Bezeichnung dieses Spiels geschrieben, aber so hieß das Kartenspiel nun mal, ich kann es nicht ändern.

ihm dann mit aller Macht ein Kissen in den Schritt. Während wir uns am Boden krümmten, tat Felix ein Stockwerk höher interessanterweise genau dasselbe, wenn auch nicht vor Lachen.

Aber insgeheim waren wir alle bloß neidisch. Felix hatte ein beachtliches Gemächt, welches wir ziemlich bewunderten, und es war ein naturwissenschaftliches Rätsel, dass er im Falle einer Erektion nicht einfach bewusstlos umfiel. Offensichtlich sind auch Jungs multitaskingfähig.

Zu der Zeit wachte ich häufig aufgrund von Schmerzen in den Beinen und Armen auf. Zuweilen waren sie so stark, dass ich meine Eltern weckte und um Schmerzmittel bat. Sie erklärten die Schmerzen damit, dass ich aufgrund meines Wachstums eine Art Muskelkater habe. Ich würde gerade in die Höhe schießen, und das überfordere meine Muskeln. Und so hatte ich ein ganzes Jahr lang immer wieder mit Wachstumsschmerzen zu kämpfen, die mir den Schlaf und gern auch den Verstand raubten. Es ist die Ironie, der Zynismus, der mein Leben durchzieht, dass ausgerechnet an einer ganz bestimmten Stelle, sagen wir ganz grob: der Lendengegend, der Schmerz in etwa so stark zutagetrat wie Regenbogenfarben im Bördeland. Nicht, dass ich unzufrieden war oder mich der Größe wegen hätte schämen müssen. Aber in Gegenwart von Felix fühlte man sich dann doch eher kleinwüchsig.

Wenn auch geistig überlegen. Ich habe nie wieder einen derart stumpfen Menschen wie Felix kennengelernt. Er war gefühlt Asperger-Kandidat. Als ihn ein Lehrer einmal fragte, ob er in seiner Nase schon auf Öl gestoßen sei, guckte Felix ihn mit großen Augen an, schüttelte ob dieser dummen Frage ungläubig erschüttert den Kopf und bohrte weiter. Dafür war er ein kleines Mathegenie und ließ mich jahrelang die Hausaufgaben abschreiben, damit ich wenigstens auf dem Papier das hatte, was mir im Kopf eindeutig fehlte.

Das Unglaubliche geschah: Ich begann, Sybille zu vergessen. Was mich sehr überraschte, denn ich hatte überhaupt nicht vorgehabt, über sie hinwegzukommen. Das war nicht Teil des Plans gewesen. Ich hatte inzwischen das Selbstmitleid für mich entdeckt – vor allem, weil Mädchen eine Schwäche für gebrochene Jungs mit traurigen großen Augen zu haben schienen. Es war die große Zeit von *Nirvana*. Daraus wollte ich Kapital schlagen. Aber es kam natürlich anders. Andere Schulen hatten offenbar auch schöne Töchter. Plötzlich meldete sich nicht nur der kleine Mann, auch das Herz gab ein Comeback. Die Sybille in meiner Erinnerung wurde erst gesichtslos, dann verblasste ihre Silhouette, zu guter Letzt verlor sie ihre Seele. Ich war bereit, mit einer anderen zu gehen.

Das Miteinandergehen lief meist in mehreren Schritten ab: Zuerst suchte man sich eine aus. Oder wurde ausgesucht. Ich habe bis heute keine Ahnung, nach welchen Kriterien man da vorgegangen ist. Und ich habe viel darüber nachgedacht. Aber ich bin mir sicher, dass der Charakter keine Priorität hatte, denn Frauen waren in dem Alter unausstehliche Wesen. Sie standen auf Pferde, sammelten Glitzeraufkleber in Glitzersammelalben, waren furchtbar albern, rannten schon mal gern aus dem Unterricht, weil sie eine Wimper im Auge hatten, und standen in der Regel auf Jungs aus der Oberstufe. In unserer Klasse standen sie alle auf Kennedy. Kennedy war halb Jamaikaner, halb Deutscher und spielte in der Basketballauswahl der Schule. Wir Jungs hassten und bewunderten ihn gleichzeitig. Die Mädchen, natürlich, verehrten ihn. Alle. Und selbst wenn man dann mit einer zusammen war, verehrte sie Kennedy – oder wen auch immer – weiter. Da war nichts zu machen. Wobei, scheiß auf Kennedy. Viel schlimmer waren ja die Frontsänger. Die Frontsänger der Bands, die ich hasste, weil sie so unfassbar gut oder so lala oder, viel schlimmer, derart abgefuckt, dass wieder gut aussehende Frontsänger hatten, die von allen Mädchen verehrt wurden, natürlich auch vom eigenen. Das wird auch der Titel meiner Autobiografie:

Bands, die ich hasste, weil sie so unfassbar gut oder so lala oder, viel schlimmer, derart abgefuckt, dass wieder gut aussehende Frontsänger hatten, die von allen Mädchen verehrt wurden, natürlich auch vom eigenen.

Eine Autobiografie von Mischa-Sarim Vérollet

Tocotronic.

Silverchair.

Nirvana.

The Bates.

Fritten und Bier.

Da konnte die Musik noch so gut sein. Ich weiß noch, wie ich 1994 auf den Schulhof kam und alle draußen herumstanden und Rotz und Wasser heulten. Kurt Cobain hatte sich gerade umgebracht. Also, deswegen standen sie nicht alle draußen herum. Es standen alle draußen herum, weil Chaostag war, Abi-Streich, und wir noch nicht reindurften. Deshalb heulte aber keiner. Alle, genauer: alle Mädchen heulten, weil Kurt Cobain sich umgebracht hatte. Schön eine Ladung Schrot mitten ins Gesicht. Aus die Maus. Und ich so: Endlich! Endlich ist der weg vom Fenster und die weiblichen Herzen wieder offen für ähnlich erbärmliche irdische Alternativen. Denkste. Danach ging der Cobain-Hype erst so richtig los und unsereins kaufte den gesamten Backkatalog, weil es nicht wirklich gut bei Mädels ankam, Nirvana zu hassen. Manche Menschen werden erst richtig nervig, wenn sie eigentlich gar nicht mehr da sind. Womit wir schön den Bogen zu Kennedy gespannt hätten: Als ich mit Anfang zwanzig für eine kurze Zeit eine Affäre mit einer jungen Dame hatte, die definitiv eine Liga höher spielte, trennte sie sich an Silvester von mir. Und nicht nur das: Am selben Abend lernte sie praktischerweise ihren zukünftigen Mann kennen – besagten Kennedy, den ich seit der Schulzeit nicht mehr gesehen hatte. Scheiß Provinz.

Aber zurück zu den Mechanismen der Liebe in der Sekundarstufe I. Charakter war's also nicht, aber ich bezweifle doch sehr, dass es das

Äußere war, was einen zu einer Wahl bewog. Ich habe mir letztens mal wieder alte Klassenfotos angesehen, und es war kein schönes Erlebnis. Wir sahen damals durch die Bank aus wie etwas, das die Katze nach einer langen Nacht auf die Fußmatte gelegt hat. *Fielmann*-Kassengestelle, wohin das Auge reichte. Mensch gewordene Unattraktivität. Und ich spreche nicht nur von den Jungs. Von zwölfjährigen Kerlen erwartete man ja kein optisches Erweckungserlebnis, da war man schon froh, wenn man zwischen der Akne ein Paar schöne Augen fand, aber sogar unsere Mädchen reihten sich nahtlos in dieses Gruselkabinett ein. Auf den Klassenfotos wird man von den Disney-Pullovern und den Hochwasser-Jeans von C&A geradezu bedrängt. Ich erinnere mich sogar, wie der Fotograf das Klassenfoto ins Licht hielt und murmelte, dass man *dafür* normalerweise kein Geld nehmen dürfe, aber nun gut. Dass es in dieser von jeglichen sexuellen Schwingungen völlig bereinigten Atmosphäre zum Austausch von Liebesbekundungen kommen konnte, übersteigt heute meine Vorstellungskraft.

Aber irgendwie traf man eine Wahl. Wobei das nicht ganz richtig ist. Man traf keine Wahl, es ergab sich.* Dank eines kruden telepathischen Verbreitungssystems, dessen Funktionsweise mir bis heute ein Rätsel geblieben ist, war schon vor Aufnahme diplomatischer Beziehungen klar, wer auf wen flog. Im Prinzip funktionierte das wie *Memory*: Man hing zusammen ab, warf einen Namen in den Raum, behauptete, der oder die stehe auf diese oder jenen, und entweder ergab sich dann, dass diese Zuneigung auf Gegenseitigkeit

---

* Oder begab sich. Wie in der Bibel: Da begab sich auch alle Nase lang irgendwas. Meistens Volkszählungen oder Geburten von Heiländern oder beides.

beruhte, oder aber man musste die Karten wieder umdrehen und einen neuen Kombinationsversuch starten. So hatte ich also in Erfahrung gebracht, dass Christine, ein brünettes, recht hübsches, unscheinbares Mädchen mit Hang zu Karotten-Jeans, mir gegenüber durchaus nicht abgeneigt war. Ich wog ab. Das war nicht mehr die Grundschule. Ich durfte nicht wählerisch sein, zumal mir beim Kandidatinnenmemory bewusst geworden war, dass sich eigene Vorstellungen nur allzuselten mit der Realität deckten. Christine sollte es sein. Und gewusst hatten das natürlich auch schon alle. Bei Wahrheit oder Pflicht hatte ich ihr auch schon einen zarten Kuss auf den Mund geben »müssen«.

Dann wurden Briefe geschrieben. Zuerst war unser Plan gewesen, mit der geballten Kraft der Romantik zuzuschlagen, zu warten, bis sich der Rauch verzogen hatte, und dann die Scherben zusammenzukehren und zu nehmen, was dabei herumkam. Benny hatte eine BRAVO Girl seiner Schwester entwendet und wir hatten vor, die dort gefundenen Liebesgedichte für unsere Zwecke zu missbrauchen. Aber andererseits, warum das Rad neu erfinden? Was schon jahrtausendelang funktioniert und von Generationen zuvor getestet worden war, konnte für uns doch gerade gut genug sein. Wir verwarfen die Gedichte. Jeder von uns nahm einen karierten DIN-A6-Zettel und schrieb in deutlicher Blockschrift *Willst du mit mir gehen?* sowie darunter drei Multiple-Choice-Antwortmöglichkeiten. Und dann war der große Tag da. Wir wollten den Kunstunterricht für die Übergabe der Briefe nutzen. Während wir auf den Tischen bastelten, reichten wir eine Etage tiefer die gefalteten Zettel an ihre Adressatinnen weiter und hofften auf das Beste. In der Fünf-Minuten-Pause hielten wir die Antworten in unseren Händen.

Bei Benny stand ein »Ja«, genauso bei Theo und Matthias Baumann, wie auch – welch Überraschung – bei mir, wobei ich noch das große Los gezogen hatte und ein handgemaltes rosa Herzchen neben dem »Ja« entdeckte. Nur Röchel-Chris starrte wie eine Kuh bei der Besamung auf seinen Zettel. Er hatte als Einziger kein »Ja«. Genausowenig ein »Nein« oder ein »Vielleicht«. Unter dem Multiple-Choice-Antwortfeld stand in Schönschreibschrift ein einziges Wort: »Wohin?« Da hatte Amor in seiner unendlichen Weisheit alles richtig gemacht.

Ich war also mit Christine zusammen. Und war mir jetzt auch nicht so sicher, was das genau hieß. Von meinen Eltern wusste ich, dass zusammen zu sein vor allem bedeutete, Rechnungen zu begleichen, die Wäsche hochzuholen und das Leergut wegzubringen. Aber schon bald entdeckte ich, dass zusammen zu sein in meinem Falle hauptsächlich hieß, in den großen Pausen im Fahrradkeller herumzuknutschen. Im Unterricht schrieben wir Jungs den Mädchen in der Stunde vor der Pause Briefe, in denen wir kryptisch fragten:

MK oder ZK?

In den meisten Fällen war in der Antwort das Kürzel MK angekreuzt. Wenn man allerdings das große Los gezogen hatte und das Kreuz beim ZK gesetzt worden war, durfte man sich nicht nur auf einen öden Mundkuss, sondern auf einen veritablen Zungenkuss freuen. Und Zungenküsse, die waren der Hauptgewinn, auch wenn man immer ein bisschen mit den Zahnspangen aufpassen musste. Aber dieses Prickeln, dass ich vorher nur vom Lecken einer Batterie gekannt hatte, war unvergleichlich, jedes Risiko wert und mir ein inneres Osterfeuer. Ich konnte von ZKs gar nicht genug bekommen.

Christine zum Glück auch nicht. Nur Röchel-Chris wusste dieses Wunder der Natur nicht zu schätzen. Als ihn seine Angetraute mal tatsächlich zungentechnisch ranließ, saugte sie sich derart an ihm fest, dass er sie nach einer halben Minute panisch wegstieß, worauf sie auf dem Hosenboden landete und beleidigt von dannen zog. Was losgewesen sei, fragten wir ihn. Keine Luft bekommen, antwortete er und schaute sichtlich verliebt sein Asthmaspray an. Offensichtlich konnte keine Frau dieser Welt seinen besten Freund ersetzen.

Natürlich hielt die Geschichte mit Christine nicht ewig. Bis auf die ewige Knutscherei hatte man nicht ganz so viel gemeinsam, und die wunden Lippen ließen sich irgendwann auch nicht mehr wegdiskutieren. Aus fadenscheinigen Gründen wurde dann Schluss gemacht, einen Tag lang geheult und dann optimistisch nach vorn geschaut.

Und wir waren nicht das einzige einstige Traumpaar, das den Geist aufgab. Speziell Matthias Baumann legte beim Schlussmachen große Kreativität an den Tag. Als ich mich einmal auf den Weg zur Aula machte, sah ich vor den Toiletten ein verheultes Etwas an der Wand kauern, das sich als Matthias' Freundin Gesa herausstellte. Ich erkundigte mich nach dem Grund für ihr Weinen. Matthias habe Schluss gemacht, schluchzte sie.

Oh, warum.

Weil sie Tesa-Streifen sei, er aber Frischhaltefolie wolle, heulte sie und vergrub ihr Gesicht in ihren Händen.

Hä? Der Sache musste ich auf den Grund gehen. Ich stellte Matthias in der nächsten großen Pause zur Rede.

Das sei doch ganz einfach, sagte er. Tesa klebe, Frischhaltefolie hafte. Frischhaltefolie sei so beschaffen, dass sie sich ganz an das Objekt anpasse, sich sanft anschmiege und dadurch hafte, ohne aber – und das sei der Clou – zu kleben. Das sei im Prinzip wie bei diesen Geckos, die Wände hochlaufen können.

Ich schaute ihn mit großen Augen an.

Gesa sei Tesa, sagte Matthias, und redete dabei ungeduldig wie mit einem Kleinkind, und er wolle lieber ein Mädchen, das wie Frischhaltefolie sei.

Ich war beeindruckt. Das ergab erschreckenderweise Sinn. Ich wusste, dass es ein Fehler gewesen war, das Abo der *P.M.* zu kündigen. Ich hätte im Zweifel nicht mal den Unterschied zwischen dem Tesa- und dem Gaza-Streifen gekannt. Matthias' Trennungsgründe waren allemal besser als jene vieler Klassenkameraden, die Schluss machten, nachdem der Psychotest in der einschlägigen Teenie-Lektüre ein unerfreuliches Ergebnis ausgespuckt hatte. Dummheit verteilt sich gemäß dem zentralen Grenzwertsatz.

Reihenweise gingen somit die ersten Liebesbeziehungen in die Brüche. Aber das Leben musste ja weitergehen. Und es ging weiter, zumindest für mich. Als die zweite Fremdsprache dazukam, gab es plötzlich gemischte Schulstunden, und *die eine* aus der Parallelklasse war natürlich auch nicht von schlechten Eltern, da hat man dann ganz schnell seinen eigenen Horizont erweitert.

Die eine aus der Parallelklasse. Eine Geschichte für sich. Die unglücklichste, unerwiderteste Liebe meines Lebens. Dabei machte ich diesmal fast alles richtig und ließ nicht wie bei Sybille Jahre verstreichen, bevor ich den Mut aufbrachte, ihr meine Liebe zu gestehen. Nach der dritten gemeinsamen Stunde ging ich in der kleinen Pause zu ihr und fragte, ob ich sie was fragen dürfe.

Klar, sagte sie.

Ich liebe sie, legte ich meine Karten auf den Tisch, und nun wolle ich wissen, ob sie mich auch liebe.

Nö, sagte sie.

Verstehe, sagte ich. Schade.

Nö, sagte sie, eigentlich nicht.

Damit war die Situation hinreichend geklärt. Und ich wusste in der nächsten großen Pause auch, warum, als ich sie mit Malte in der Raucherecke sah. Ich war einen Schritt zu spät gekommen.

Einen Schritt zu spät kommen, das zog sich durch mein ganzes Leben. Als alle um mich herum Masters-of-the-Universe-Actionfiguren hatten, hatte ich keine, als ich dann endlich eine gebrauchte HeMan-Figur besaß, war längst die Ära der Transformers angebrochen. Dann kam Roxette in Mode und ich war noch bei den Prinzen; als ich dann endlich im Besitz einer Roxette-Kassette war, waren alle anderen schon längst bei Ace of Base. Ich freute mich einen Keks, als mir Theo was von Ace of Base überspielte, aber da hörten alle anderen längst die Toten Hosen, und als ich auch eine Tote-Hosen-Kassette mein Eigen nannte, lief auf den *Walkmen* der restlichen Klasse schon wieder Silverchair. Oder Tocotronic. Oder WIZO. Auf jeden Fall immer genau etwas anderes, als ich gerade hörte. Ich kam immer einen Schritt zu spät. Aber nie war es so bitter wie bei der einen aus der Parallelklasse.

KULTURSCHOCK

Herr Krause war unser Kunstlehrer. Er hatte eine strähnige, fettige Überkämmerfrisur, trug stets eine fleckige Lederweste, roch streng nach kaltem Schweiß und Tabak und hatte eindeutig ein Alkoholproblem. Ein ekelhafter Mensch. Wir verehrten ihn.

Lehrer sein ist wie eine Raubtierdressur. Einmal wegschauen, einmal Schwäche zeigen, und die Tiger fallen über dich her. Nein, man muss Schüler um den Finger wickeln. Herr Krause machte alles richtig. In unserer ersten Stunde betrat er zehn Minuten zu spät den Unterrichtsraum. Er kam, sah und fiel über einen Kartenständer, der unverbindlich in der Gegend herumstand, verlor das Gleichgewicht und fand sich augenblicklich auf dem Hosenboden wieder. Wir hielten die Luft an und beobachteten, völlig gebannt ob dieses Ereignisses, wie Herr Krause umständlich aufstand, plötzlich hastig seine Taschen abklopfte, mit erleichterter Miene ein unversehrtes Fläschchen Schierker Feuerstein hervorzog und auf den Schrecken einen kräftigen Schluck nahm. Danach schüttelte er sich und rief, scheiß die Wand an, wenn das kein Anschlag auf sein Leben gewesen sei, wolle er Wilhelm heißen. Sprach's, drehte sich um und schrieb Herr Wilhelm an die Tafel. Er ging einen Schritt zurück, begutachtete das Geschriebene kritisch, rief dann, Quatsch, wer ihn hier eigentlich für dumm verkaufen wolle, und setzte ein Krause mit drei Ausrufezeichen darunter. Offenbar zufrieden mit dem Ergebnis, begann er mit hinter dem Rücken verschränkten Armen vor der Klasse auf

und ab zu flanieren und »Impressionismus! IMPRESSIONISMUS!«
zu brüllen. Dann setzte er sich. Während er seine Brille putzte, muss
ihm aufgefallen sein, dass bis auf das Aufreißen von sechzig Augen
keine nennenswerte Reaktion erfolgt war. Herr Krause blickte auf.
Nachdem er seinen Blick durch den Klassenraum hatte schweifen
lassen, brüllte er noch einmal »IMPRESSIONISMUS!«. Dann zeigte
er auf mich. Mit dem Zeigefinger weiterhin auf mich weisend, erhob
er sich und näherte sich mir.

Impressionismus!, rief er erneut. Zehn Dinge über den Impressionismus solle ich aufzählen.

Da war ich überfragt.

Ich sei da überfragt, teilte ich ihm mit.

Ob ich mir in den Sommerferien die Birne weggesoffen und weg-
gekokst habe, wollte er wissen, oder wie es komme, dass ich den Un-
terrichtsstoff des letzten Jahres nicht mehr wisse.

Aber wir seien fünfte Klasse, gab ich zu bedenken.

Oh, sagte er. Fünfte Klasse? Nicht der Leistungskurs? Ob ich die
Wahrheit sage, fuhr er fragend fort, an meine Klassenkameraden ge-
wandt.

Ja, bekam er als Antwort zu hören.

Fünfte Klasse, sagte er verwirrt. Und er habe sich schon gefragt,
warum wir alle so klein seien.

Er setzte sich auf seinen Stuhl und nahm erneut einen kräftigen
Schluck aus seiner kleinen Flasche.

Na gut, sagte er dann, als er sich gefangen hatte. Na gut. Fünfte
Klasse. Zeitungspapier, Luftballons und Kleister raus, wir würden
jetzt Schweinchen basteln.

Die Kunststunden waren von da an das Highlight des Stundenplans und Herr Krause unser Held. Er war ein faszinierender alter Mann und stets so gutgelaunt wie der Grinch an Weihnachten. Wir liebten ihn und hingen in jeder Unterrichtsstunde an seinen Lippen. Wenn er mitten im Klassenraum stand und zwischen kräftigen Schlücken aus seiner Flasche über Kunst im Allgemeinen fabulierte und uns eintrichterte, dass tief in jedem von uns ein Picasso stecke, den er schon noch an die Oberfläche prügeln werde, oder wenn er jenseits aller Lehrpläne eine gesamte Unterrichtsstunde darauf verwendete, davon zu erzählen, wie er einmal bei einem Fußballspiel auf der Bielefelder Alm von einem besoffenen Fan angepinkelt wurde, lief in meinem Kopf immer der Gospelchor aus dem *Sister-Act*-Finale ab und ich musste den Impuls unterdrücken, aufzuspringen und *I will follow him* anzustimmen. Manchmal saß er auch einfach minutenlang kopfschüttelnd auf seinem Tisch und riet uns, uns bloß nichts von seinen Lehrerkollegen sagen zu lassen, die Gedanken seien frei und wir sollten freie Geister bleiben. Leider hielt das junge Glück nicht ewig. Herr Krause wurde in der sechsten Klasse bei einem Verkehrsunfall so schwer verletzt, dass er seine Lehrerlaufbahn aufgeben musste.

Als Ersatz wurde uns Frau Müller-Janßen-Ricke aufgebürdet, die uns praktischerweise gleichzeitig in Musik unterrichtete. Und die Katastrophe nahm ihren Lauf. In Deutschland ist es liebgewordene Tradition, Kinder im Schulalter so mit der Kultur zu konfrontieren, dass man diese Begegnung mit dem gleichen tauben Gefühl verlässt wie nach dem unerwarteten Zusammenstoß mit einer Glastür. Man ist dann bis auf weiteres für die Künste verloren. Genau das hatte Frau Müller-Janßen-Ricke vor.

In der siebten Klasse beschloss sie, uns in eine Theatervorstellung von John Cages *Songbooks* mitzunehmen. Klingt harmlos, ist es aber nicht. Will man das Ausmaß dieses Dramas in all seiner Tragweite verstehen, muss man Folgendes wissen: John Cage lehnte Musik in der Form, in der sie 99 Prozent der Weltbevölkerung über Jahrtausende hinweg zu schätzen gelernt haben, prinzipiell ab. Er wusste zwar, was man im Allgemeinen unter Musik versteht, was Töne sind und in welcher Reihenfolge sie sich schön anhören. Aber in seiner gesamten Karriere kriegte er es nicht einmal hin, eins und eins zusammenzuzählen.

Nichts Böses ahnend saßen wir also an jenem Tag im Stadttheater und harrten der Dinge. Eigentlich hatte niemand richtig Lust gehabt, aber alles war uns lieber, als im Musikraum zu sitzen und etwas über die Wirkung von Popsongs in der Werbung zu lernen. Und als sich der Vorhang öffnete, waren wir dann doch verhalten interessiert, was passieren würde. Was wir erwarteten, war in etwa eine Mischung aus *Augsburger Puppenkiste* und *Tatort*, unsere Lehrerin hatte uns auf den Ausflug eingestellt, so dass wir eine ungefähre Vorstellung von einem Theaterstück hatten. Was wir in den nächsten Minuten zu sehen bekamen, sprengte allerdings den Rahmen alles Vorstellbaren.

Schon nach kurzer Zeit ging uns auf, dass dieses Theaterstück sehr wenig mit Musik, dafür sehr viel mit der geistigen Umnachtung seines Verfassers zu tun hatte. Begleitet von Tönen, die dem Todesschrei einer Katze in der Waschmaschine verdächtig ähnelten, wanderte ein gutes Dutzend offensichtlich aus der Irrenanstalt entfleuchter Personen über die Bühne und tat nichts, was im Entferntesten menschlich nachzuvollziehen gewesen wäre. Und wir waren eine Horde gerade dem Kindesalter entwachsener Jugendlicher. Es gab wenig menschlich nicht Nachvollziehbares, was Kinder nicht zumindest im Ansatz mit Wohlwollen goutiert hätten. Aber das hier, das hier hatte eine neue Qualität des Unfassbaren. Eine gewisse Unrast machte sich breit.

Man müsse sich einfach mal drauf einlassen, versuchte Frau Müller-Janßen-Ricke uns zu beruhigen. Das Stück brauche Zeit, seine Wirkung zu entfalten.

Und nie ist ein wahreres Wort gesprochen worden. Denn mit jedem Akt, sofern sich aus dem wirren Treiben auf der Bühne Akte herauskristallisieren ließen, die über die winkende Nudistenkolonie rechts hinten hinausgingen, wurde mehr und mehr klar, dass wir es bei diesem Stück mit dem Erguss eines völlig durchgeknallten Verrückten zu tun hatten. Musik im menschlich hörbaren Sinne? Fehlanzeige! Theater? Bis auf das Gebäude, in dem wir saßen: nüscht. Und als nach einer Stunde das gesamte Orchester beschloss, dass fortan sämtliche Fesseln gesprengt seien, jede bis dato geltende Regel nichtig und die Verbindlichkeit jeglichen Notenblattes aufgehoben sei, also jedes Instrument ab sofort Narrenfreiheit zu genießen habe, während auf der Bühne eine komplette Irrenanstalt etwas aufführte, was ein mit gutem Willen versehener Chronist wohlwollend als böse Schwester der 120 Tage von Sodom beschrieben hätte, erlitten die ersten Mädchen Nervenzusammenbrüche und mussten von traumatisierten Ersthelfern hinausgetragen werden. Selbst wir Jungs, die wir gedacht hatten, mit den *Gesichtern des Todes*, einer vermeintlichen Snuff-Filmreihe, alles gesehen zu haben, wurden eines Besseren belehrt.

Frau Müller-Janßen-Ricke wurde gewahr, dass die Veranstaltung im Begriff war, ihr aus den Händen zu gleiten. Ihr war auch schmerzlich in Erinnerung gerufen worden, dass sie die Verantwortung für unsere unschuldigen Kinderseelen trug, die gerade mit weit aufgerissenen Augen in das Herz der Finsternis, in den tiefschwarzen Magen-Darm-Trakt des Deiwels höchstselbst geblickt hatten. Und just in dem Moment, da das ganze Theater eine spannende Wendung nahm und es doch noch interessant zu werden schien, als zu einer langgezogenen Dissonanz ein Rudel bebrillter nackter Frauen auf Stelzen die Bühne stürmte und Eimer voller Menstruationsblut* in die ersten Reihen kippte, dabei mit einem höflichen Gesichtsausdruck Unflätiges im Kanon brüllend, während vermummte Polizisten, die ausnahmsweise nicht nackt waren – was sich aus dem Zusammenhang nicht erschloss –, den Reichstag aus Hundekot nachformten und mehrstimmig Auszüge aus *Mein Kampf* rezitierten, beschloss Frau Müller-Janßen-Ricke, dass Kultur auf das nächste Halbjahr verschoben würde und es Zeit sei, zu gehen. Der Rest unseres bereits nachhaltig dezimierten Regiments trat den Rückzug überraschend geordnet an. Was ich zu dem Zeitpunkt durchaus schade fand, da ich insgeheim darauf spekuliert hatte, dass als Höhepunkt Herr Krause im Rollstuhl und als Julius Cäsar verkleidet auf die Bühne gefahren worden wäre, dabei Schierker Feuerstein saufend und »Impressionismus« brüllend. Das hätte mich versöhnt und hätte nur durch 99 *Red Bull* trinkende Samuraikrieger in Arminia-Bielefeld-Trikots, die Frau Müller-Janßen-Ricke zum Mittelpunkt einer unabgesprochenen Messerwurfshoweinlage machten, getoppt

---

* Auf den Eimern stand für alle Begriffsstutzigen recht hilfreich die Aufschrift »Menstruationsblut«.

werden können. Aber ich sollte es nie herausfinden; Frau Müller-Janßen-Ricke schob uns wie ein Schneepflug vor sich her.

Draußen vor dem Stadttheater dann Szenen wie aus einem Katastrophenfilm. Verstörte und weinende Kinder wurden von Notfallseelsorgern erstversorgt, andere saßen apathisch herum, murmelten vor sich hin und blickten starr in den Himmel. Kriseninterventionsteams rückten an. Eltern fuhren mit quietschenden Reifen vor, rannten über den Vorplatz und riefen verzweifelt die Namen ihrer Kinder. Doch bei vielen halfen selbst Defibrillatoren nicht mehr; sie waren auf ewig für die musischen Künste verloren. Und nicht nur, dass der Umsatz der *Bravo Hits* in der Region Bielefeld förmlich explodierte; wie Pawlow'sche Hunde litten viele von uns bereits an akuter Sprühkotze, wenn die Straßenbahn das Stadttheater nur passierte.

ENDSTATION MILSE

Womöglich dramatisiere ich, vielleicht hyperventiliert meine Erinnerung in der Retrospektive, aber auch das wäre nur Syndrom des Traumas, welches dieser musikalische Exkurs hinterließ.

Dabei hatte, was die Musik betrifft, alles recht vielversprechend begonnen, einige Jahre zuvor bei einem Orientierungsnachmittag im Rahmen der musikalischen Früherziehung in der Grundschule. *Orientierung* bedeutete, dass jedes Kind reihum jedes Instrument einmal in die Hand nehmen und damit andere Kinder schlagen durfte. Ich will nicht ausschließen, dass wir Racker das Konzept missverstanden hatten, aber der Musikpädagoge mit Waldorfhintergrund war nicht gewillt, unseren juvenilen Eifer zu bremsen. Es wäre ein großer Fehler, ließ er die besorgten Erziehungsberechtigten wissen, als ich Svantje verfolgend an ihnen vorbeirannte, die Gitarre wie eine Hellebarde über meinem Kopf schwingend, es wäre ein großer Fehler, den Bewusstseinsstrom zu bremsen. Das Instrument müsse erforscht, die Begabung erspürt, die Neigung erfahren werden, und das ohne die hemmenden Grenzen selbstgefälliger Erwachsener, alles müsse fließen, hier wie dort, und es scheine ihm ganz, wandte er sich meinen Eltern zu, als habe der Spross seine Vorliebe für die Gitarre entdeckt. Am Ende der Grundschule meldete man mich in der Musik- und Kunstschule an.

Als ich ein halbes Jahr später noch immer nicht über *Auf der Mauer, auf der Lauer* hinausgekommen war, schwante meinem Lehrer und mir, dass wir es in meinem Falle auf lange Sicht nicht mit einem neuen Eric Clapton zu tun haben würden. Mein Traum – *Gitarre spielen können wie Slash vor der Kirche in November Rain* – rückte in weite Ferne. Aber meine Eltern störte das nicht. Immer wieder schauten sie mich mit vor Stolz völlig entrückten Augen an, wenn ich, den linken Fuß auf ein kleines Podest gestellt, die Noten fachgerecht auf dem Ständer platziert und bar jeden Rhythmusgefühls Note für Note das Lied der Wanze in seinem Wesen verfremdete und die arme Gitarre, die nichts dafür konnte, bedenkenlos misshandelte. Aber selbst eine gerissene Saite konnte die Stimmung nicht trüben. Ich glaube, mein Vater hatte die fixe Idee, dass ich der neue Ricky King werden könnte. Ricky King war ein deutscher Gitarrist, der eigentlich Hans Lingenfelder hieß, was, wenn man mich fragt, was man übrigens viel zu selten tut, der bessere Name war, aber im universellen Gesamtkontext dadurch ausgeglichen wurde, dass ein englischer Schlagersänger, der eigentlich recht vernünftig Arnold Dorsey hieß, sich Engelbert Humperdinck nannte, als sei er statt in eine professionell gemanagte Musikkarriere in ein Zeugenschutzprogramm geschliddert. Ricky King spielte Songs im Stile der *Shadows*. Sein Konzept war simpel: Er nahm ein Lied, legte einen James-Last-Soundflokati darunter und spielte auf seiner elektrischen Gitarre die Gesangsmelodie nach, bis aus dem einst guten Song eine musikalische Daumenschraube geworden war. Bei seinen Live-Auftritten trug er im Rahmen seiner exaltierten, DJ Bobo vorwegnehmenden Bühnenshow gern einen lila Glitzeranzug nebst Fliege und passendem, über die gesamte Länge des Liedes eingefrorenem Lächeln, während hinter ihm zwei junge Damen in züchtigen Röcken und Mutter-Beimer-Frisur willkürlich *Sha-la-la* sangen, wann immer die Kameras in ihre Richtung zeigten. So sympathisch dieser Mann auch schien: Ich persönlich wollte nicht der neue Ricky King werden. Trotzdem blieb ich satte fünf Jahre ein Schüler des wahrscheinlich geduldigsten Menschen aller Zeiten. Fußballspielen konnte ich noch weniger, also warum nicht.

Parallel hatte Röchel-Chris mit dem Violinenspiel angefangen. Es war ja klar gewesen, dass seine Feuilleton-Ultras von Eltern niemals einem solch proletarischen Instrument wie der Gitarre zugestimmt hätten. Sein Vater spielte das Cello, seine Mutter vor ihrem Tode die Geige. Röchel-Chris sollte sie jetzt ersetzen. Und fortan musste der arme Kerl jeden Nachmittag zwei Stunden soviel an Katzenjammer aus seinem Instrument herausfoltern, wie nur ging. Aber was sich auf unserer Seite der Straße anhörte wie die Häutung von Robben bei lebendigem Leibe, trieb Röchel-Chris' Eltern Tränen der Freude in die Augen. Bedingungsloser Stolz, das einte beide erziehungsberechtigten Paare. Eine chromatische Annäherung, eine Vorlage, die sie im zwischenmenschlichen Bereich nicht nutzten.

Sonst hatten unsere Eltern nämlich nichts gemeinsam. Nach dem gescheiterten Versuch, sich im Rahmen eines gemeinsamen Urlaubs anzufreunden, überließen sie uns Kindern die Aufrechterhaltung diplomatischer Beziehungen. Auf offener Straße wurde zurückhaltend gegrüßt. Der Tod von Röchel-Chris' Mutter hatte dafür gesorgt, dass man der Höflichkeit halber seinen Vater hin und wieder einlud. Aber hinter den Kulissen war der Kalte Krieg Gegenwart und Zukunft. Meine Eltern hielten seinen Vater für materialistisch und eingebildet, er meine Eltern für Hippies unter dem Deckmantel des Spießbürgertums, die ihre Söhne »antiautoritär verwahrlosen«

ließen. Was er damit mutmaßlich meinte, erfuhr ich, als ich meine Eltern fragte, die auch nur leicht erbost raten konnten: »Antiautoritär verwahrlost« hieß, dass mir meine Eltern meinen beruflichen Werdegang nicht vorgaben. Röchel-Chris sollte Anwalt werden, wie sein Papa. Das hatte er der Mutter vor ihrem Tode versprochen. Meinen Eltern war egal, was ich wurde. Hauptsache was lernen. Ansonsten ließ man mir Raum, mich zu entwickeln. Und genau dieses Entwickelnlassen war Röchel-Chris' Vater ein Dorn im Auge. Vor allem, weil wir immer mehr Gefallen dran fanden, uns gemeinsam im Quälen unserer Instrumente zu üben.

Röchel-Chris und ich waren nicht dumm. Manchmal taten wir dumme Sachen und redeten noch dümmeres Zeug, keine Frage. Aber wir konnten eins und eins zusammenzählen. Wir wussten beide, dass wir weder Paganini noch Slash hießen. Wir waren so ziemlich der talentloseste Haufen Atome in dieser Ecke des Universums. Das war mir so richtig vor Augen geführt worden, als ich Wayne eines Abends *Stairway to Heaven* hatte vorspielen wollen und er, der sich einen Scheißdreck für Gitarren interessierte, mir nach meinem vierten vergeblichen Versuch genervt die Gitarre aus der Hand riss, das Riff im ersten Ansatz fehlerfrei nach Gehör durchspielte und danach nonchalant fragte, so etwa?

Trotzdem hielt mangelndes Talent Röchel-Chris und mich nicht davon ab, eine Band zu gründen. Aus meiner anderen Band, die ich mit einem Freund in Münster hatte, war nichts geworden, und so konnte ich mich voll und ganz auf die neue konzentrieren. Wir nannten sie *Endstation Milse*, weil wir, als wir uns mal überlegt hatten, die Linie 2, die uns sonst sicher in unser Viertel brachte, einfach mal in der anderen Richtung abzufahren, dort gestrandet waren und die schlimmsten zehn Minuten unseres Lebens gehabt hatten, bevor die Bahn wieder zurück in unseren Stadtteil gefahren war. Natürlich schrieben wir unsere eigenen Songs. Und die schmeckten, wie sie aussahen.

Beim Aufräumen fand ich letztens zufällig den ersten Song, den ich für *Endstation Milse* schrieb – vermutlich der erste Song, den ich je geschrieben habe. Und der ist so unfassbar schlecht, dass ich ihn gemäß meiner Chronistenpflicht der Nachwelt keinesfalls vorenthalten darf.

WINONA
I saw you at the bus station
Probably for the bus waitin'
I thought I could take you for a ride
On my red Bike
On my red Bike

Two hours later we were drivin'
Through the blue sky we were divin'
We just could see one light
Of my red Bike
Of my red Bike

Then I took you back home
To the lovely city of Rome
There you told me that you really like
Me and my red bike
Me and my red bike

Mit Abstand einer der schlechtesten Songtexte der Welt. Und mit so vielen Ungereimtheiten gepflastert wie DDR-Autobahnen mit Dichtungsfugen. Da weiß man gar nicht, wo man mit der Textanalyse anfangen soll. Als Allererstes fällt natürlich auf, dass der Text diametral zur Erwartung steht, die der Titel weckt. Warum ich das naheliegende *My red bike* vermied, weiß vermutlich noch nicht mal der Himmel. Vielleicht, weil ich kurz zuvor in der BRAVO die Foto-Story von *Reality Bites – Voll das Leben* gelesen hatte und unsterblich in Winona Ryder verknallt war, und ich meinem Vater den Refrain *Winona, you give me a boner* nicht zumuten wollte und darum das harmlosere *My red Bike* wählte. Vielleicht war es auch einfach nur mein pseudointellektueller Anspruch, dass der Songtitel im Songtext selbst nicht vorkommen sollte. Aber falls das Lied Winona Ryder gewidmet war: Ich halte es für eher unwahrscheinlich, dass die gute Frau an irgendeiner Bushaltestelle warten würde. Und wenn doch, halte ich es für noch unwahrscheinlicher, dass ich der Erste gewesen wäre, der sie dort entdeckt hätte. Im Gegenteil, vermutlich hätte sich dort schon längst ein Menschenauflauf gebildet gehabt, die Polizei hätte diese und sämtliche angrenzenden Straßen gesperrt und ich hätte einen Riesen-Umweg fahren müssen, mich furchtbar geärgert und am nächsten Tag beim Frühstück gelesen, dass Winona Ryder für Chaos gesorgt habe. Wir wären uns nie begegnet und ich hätte sie nie auf mein rotes Bike eingeladen. Und warum überhaupt rot? Ich mag Rot eigentlich gar nicht so. Hatte vermutlich phonetische Gründe. *My red bike* singt sich einfach besser als *My green bike*. Am unwahrscheinlichsten aber ist die Vorstellung, dass Winona Ryder – und wir gehen jetzt davon aus, dass sie a) an der Bushaltestelle stand und sie b) noch niemand dort entdeckt hatte –

einfach »Ja« sagte, als ich sie einlud, eine kleine Spritztour zu unternehmen.

Oder ist das womöglich die Erklärung für die Ungereimtheit in der zweiten Strophe? Dass ich sie erst lang und breit überreden musste? Dass Winona Ryder sich erst sträubte, mit einem absoluten Nobody auf einem roten Bike ins Blaue zu fahren, und langwierige Überzeugungsarbeit vonnöten war? Warum sonst waren wir erst zwei Stunden nach unserem Treffen unterwegs? Mysteriös! Aber ich kann sie verstehen. Wer weiß, was ich für einer war. Da hätte ja jeder kommen können! Vielleicht hatte sie Angst und hat dankend abgelehnt. Wahrscheinlich wollte sie überhaupt nicht und ich habe sie gezwungen. Oh mein Gott, ich habe Winona Ryder entführt! Ich habe Winona Ryder gepackt und nach einem Kampf auf mein Motorrad gezerrt. Sie hat sich gewehrt und gezetert und geschrien, sie habe Geld, sie werde mir alles geben, wenn ich sie doch nur gehen lasse. Nach zwei Stunden war ihr Wille dann endlich gebrochen und wir konnten losfahren.

Dann noch dieser rätselhafte Zeitsprung in der zweiten Strophe: Im einen Moment genießen wir das Blau des Himmels, im nächsten Moment ist der Scheinwerfer meines Motorrads das einzige Licht, das wir sehen können, sprich: Die Nacht ist angebrochen. Was geschah dazwischen? Haben wir die Verfolger abgeschüttelt? Gab es Verfolger? Ich denke nicht, dass man einen Star wie Winona Ryder am hellichten Tage entführen kann, ohne dass das Aufsehen erregt und irgendwer sagt: Moment mal, Früchtchen! Mit Sicherheit wurden wir verfolgt. Und höchstwahrscheinlich war ich den Rest des Nachmittages damit beschäftigt, unsere Spuren zu verwischen. Dass ich dann aber so dumm war, trotz Großfahndung das Licht einzu-

schalten, zeigt, wie naiv ich an meine erste Promi-Entführung ran-
gegangen bin.

In der dritten Strophe wird zum einen deutlich, dass uns die
Flucht glückte, und zum anderen, dass das Stockholm-Syndrom zu-
schlug. Das Entführungsopfer – die bekannte Schauspielerin Winona Ryder – wird vom eigentlich gar nicht so bösen Entführer – der
die Tat vermutlich aus reinster Verzweiflung, Armut, Krankheit
oder Ähnlichem beging – nach Hause gebracht, wo sie ihm gesteht,
dass sie ihn und sein Bike eigentlich doch mag. Plausibel, bilden sich
doch zwischen Entführern und Entführungsopfern oft genug zarte
Bande. Ob sich aus diesen etwas Tiefergehendes entwickelte, lässt
das Lied offen. Ein gängiger Trick in der Popmusik, um dem Hörer
Raum zum Träumen, für die eigene Interpretation zu gönnen. Nicht
offen lässt das Lied die Heimat von Winona Ryder: das wunder-
schöne Rom! An einem romantischeren Ort könnte diese wilde
Liebesgeschichte gar nicht enden (bzw. anfangen, wenn man davon
ausgeht, dass sich die Geschichte nach Ende des Liedes jenseits unserer Aufmerksamkeit fortsetzt). Da stellt sich natürlich die Frage:
Trafen sich die beiden auch erstmals in Rom? Wenn ja, wer ist der
namenlose Ich-Erzähler? Ich war in meinem ganzen Leben noch nie
in Rom. Oder stand Winona Ryder etwa an einer Bushaltestelle in
Bielefeld? Aber was machte sie in Bielefeld? Und wenn wir jetzt mal
voraussetzen, dass Winona Ryder Bielefeld tatsächlich einen Besuch
abstattete: Wollte ich mir allen Ernstes weismachen, dass Winona
Ryder öffentliche Verkehrsmittel benutzte? Wohl kaum! Nein,
diese Geschichte hat Lücken, größer als das Ozonloch. Schlimm. Ein
Songtext, den Kid Rock nicht besser hätte schreiben können.

All diese Fragen stellten wir uns natürlich nicht. Textanalyse war der Teil des Deutschunterrichts, der uns am allersinnlosesten erschien. Wir schrieben den Song, übten ihn ein und nahmen ihn noch am selben Tag mit der Hi-Fi-Anlage meines Vaters auf Kassette auf. Fertig war die Laube, meine Eltern stolz wie Oskar. Und Röchel-Chris' Erziehungsberechtigter endgültig überzeugt, dass ich drauf und dran war, seinen Spross von der vorgesehenen Akademikerlaufbahn abzubringen. Zum ersten Mal in meinem Leben war ich »schlechter Umgang« für jemanden. Hört sich gut an, dachte ich, hört sich gut an. Schließlich sah ich mich jetzt auf Augenhöhe mit jenen, die seitens meiner Eltern als »schlechter Umgang« für mich eingestuft worden waren. Ich entwickelte mich prächtig, wie ich fand.

WARUM ICH
DAVID GARRETT
HASSE

1994 beging ich den größten Fehler meines Lebens. Ich erwarb eine Maxi-CD. In einem Augenblick akuter Phrenesie griff ich zu *Cotton Eye Joe* von den Rednex. Nachdem ich das Lied zweimal gehört hatte, nervte es mich bereits. In dem Moment betrat mein Vater das Zimmer. Was denn wohl *das* gerade gewesen sei, das habe ihm gefallen, ob man es nochmal hören könne. Ich hörte das Lied zum dritten Mal. Es sollte nicht das letzte gewesen sein.

Zwei Jahre zuvor hatte Clint Eastwood den Western in *Erbarmungslos* erfolgreich zu Grabe getragen. Mein Vater buddelte ihn nun eigenhändig wieder aus und flößte ihm mit Elektroschocks und Ersatzteilen vom Rasenmäher neues Leben ein. In den nächsten Wochen entwarf er nicht nur einen eigenen Squaredance, sondern rekrutierte auch alle anderen Familienmitglieder für seine Tanztruppe und beauftragte meine Mutter darüber hinaus, passende Holzfällerhemden und Halstücher zu kaufen. Im Familienverbund räumten wir nach dem Abendbrot im Wohnzimmer das Mobiliar beiseite, kleideten uns einheitlich, mein Vater legte die Rednex-CD ein und drückte auf die Abspieltaste. Und dann wurde getanzt.

Meistens ist das Schicksal ja vollauf damit beschäftigt, Afrika aus-
zudörren oder Drogen in Lateinamerika an den Mann zu bringen.
Eher selten erinnert es sich seiner Kinder im westlichen Europa,
aber dann langt es dafür umso gründlicher zu. Nicht nur hatte mein
Vater den Terence Hill in sich entdeckt, es kündigte sich dummerweise auch noch eine größere Feier an. Die Musik- und Kunstschule,
an der ich das Gitarrespielen weiterhin eher verweigerte als lernte,
richtete traditionell ein jährliches Fest aus, zu dem die Eltern eingeladen waren und in dessen Rahmen der Nachwuchs seine Fort-
schritte präsentierte. Außerdem würden, so die fahrlässige Einla-
dung, Eigenbeiträge in Form von musikalischen Aufführungen aller
Art mit Wohlwollen betrachtet. Da ließ sich mein Vater nicht zweimal bitten. Dieses Familienfest schien ihm die richtige Bühne für
die Premiere unserer fragwürdigen Tanzdarbietung.

Nun ist zwölf Jahre alt zu sein per se schwierig. Der Körper wächst
an verschiedenen Stellen in alle möglichen Richtungen, die Stimme
ist scheinbar stets zur falschen Zeit in der falschen Oktave, und das
Schlimmste, was einem die eigene Mutter sagen kann, ist, dass man
seinem Vater immer ähnlicher wird. Es mag formal richtig sein, ist
aber nicht gerade die Nachricht, die man auf nüchternen Magen
hören will, so Held er einem auch immer war und ist. Und wenn
dann der eigene Vater – der einem einst versprochen hatte, immer
auf einen aufzupassen und vor Gefahren zu schützen – bekanntgibt,
dass er die Familie für einen Auftritt beim Fest der Musik- und
Kunstschule angemeldet habe, ist das Maß derart voll, dass es gerade
recht kommt, um sich darin zu ertränken und dem Trauerspiel Leben ein würdiges Ende zu bereiten. Es war schon schwer genug, sich
im Alltag nicht ständig zu blamieren, aber wenn man in C&A-Wes-

ternkluft im Partnerlook vor Gleichaltrigen wie eine aufgeschreckte Gazelle in der Savanne herumsprang, war es völlig unmöglich. Und ich Narr hatte gedacht, die Vorhautverengung, die feste Zahnspange und die Pubertät seien das Schlimmste gewesen, was mir passieren konnte.

Der dräuende Auftritt, von dem ich überzeugt war, dass er mein Projekt Fortpflanzung unwiderruflich um Lichtjahre zurückwerfen würde, überschattete meine Gedankenwelt so sehr, dass ich am großen Tag bereits völlig verdrängt hatte, dass mir ja noch ein Soloauftritt bevorstand. Solo im Sinne von ohne Familie. Siedendheiß fiel mir ein, dass ich mit anderen angehenden Gitarristen gemeinsam ein Lied vorspielen sollte. Bloß hatte ich keine Ahnung, welches das sein sollte, was insofern egal war, als ich auch in Kenntnis des fraglichen Songs keine Ahnung gehabt hätte, wie er zu spielen sei. Ähnlich wie bei Mathearbeiten ging mein Hirn auch dann automatisch in Stand-by, wenn ich Notenblätter sah. Ich hatte keine Wahl, als die ganze Chose auf mich zukommen zu lassen.

Unter dem Applaus der Anwesenden ging ich mit den anderen Gitarristen nach vorn. Mein Gitarrenlehrer kam mir hinterhergeeilt und fragte mich flüsternd, wo denn meine Notenblätter seien. Äh, vergessen, sagte ich. Flugs hatte ich seinen Ausdruck in den Händen, und mit Grausen entdeckte ich, dass das ausgewählte Musikstück *Ballade pour Adeline* war. Ausgerechnet *Ballade pour Adeline*!

Während der jährlichen Fahrt in den Sommerurlaub oblag die Musikauswahl meinen Eltern. Das Radio wurde nach Songs mit fragwürdigem Inhalt gescannt, und war ein Lied in Sicht, dessen

Text uns unschuldige Kinder umstandslos in Monster hätte verwandeln können, wurde eine Kassette eingeschoben. Meine Eltern hatten zwei Lieblingskassetten. Die erste war von Reinhard Mey, *Mit Lust und Liebe*. Mein Vater, mit englischem Akzent *Ein Antrag auf Erteilung eines Antragsformulars* singend, ist vermutlich der Grund, weshalb ich heute noch mein Bier und Frauen verstecke, wenn Howard Carpendale im Fernsehen auftritt. Reflex. Die zweite Kassette stammte von Richard Clayderman, dem Ricky King des Klaviers. Und ebenjene *Ballade pour Adeline* war der Lieblingssong meiner Mutter.

Egal, wie sehr man seine Mutter, seinen Vater und seinen Bruder liebt: Nach 16 Stunden Fahrt in einem dreitürigen Fiat Ritmo ruft die Vorstellung, die nächsten drei Wochen mit genau diesen Menschen verbringen zu müssen, unweigerlich den innigen Wunsch hervor, sich wahlweise selbst bis zur Bewusstlosigkeit ins Gesicht zu schlagen oder sich mit allen auf der Fahrt erratenen Kennzeichen die Pulsadern aufzuschneiden. Und die *Ballade pour Adeline* war nun mal genau der Song, mit dem ich jene Emotionen verband. Ich war mir nicht sicher, ob es eine gute Idee war, das Lied zu spielen. Mit Mordgedanken in die Squaredance-Nummer reinzugehen schien mir nicht ratsam. Ich fürchtete, zeitnah Amok zu laufen.

Und dann sah ich zu allem Überfluss *sie*. *Sie* war Cordula, ein bezauberndes Ding, das an der Musik- und Kunstschule Jazztanz und ähnlich unnützes Zeug lernte. Zwischen Christine und mir war es kurz zuvor aus gewesen, und das Mädchen aus der Parallelklasse hatte mir bekanntlich ohne Interpretationsspielraum mitgeteilt, dass es zwar eine gemeinsame Zukunft gebe, diese sich aber auf die Luft beschränke, die wir im selben Klassenraum atmeten. Ich war also offen für Neues, und als ich eines Tages darauf wartete, dass mein Gitarrenlehrer mich hereinbat, hörte ich exotische Klänge aus dem Treppenhaus. Ich folgte ihnen und entdeckte alsbald die Quelle in einem großen, mit Spiegeln verkleideten Raum, in dem mehrere Mädchen meines Alters bizarre Bewegungen zu noch bizarrerer Musik machten, die in mir den Drang hervorriefen, sofort Erste-Hilfe-Maßnahmen einzuleiten. Aber auf den zweiten, faszinierten Blick schien alles seine Richtigkeit und die Meute ihren Spaß zu haben. Ich ließ meinen Blick schweifen und entdeckte *sie*. Anmutig tanzend wie ein junges Reh im Abendlicht, die Augen geschlossen, ein leichtes Lächeln ihren Mund umspielend und scheinbar als Einzige im Takt der, äh, Musik. Ich hatte noch nie etwas Bezaubernderes gesehen, und wenn nicht plötzlich mein Name durchs Treppenhaus geschallt wäre, hätte ich noch stundenlang zuschauen können.

Ich ging in den nächsten Tagen immer eine halbe Stunde früher als sonst zum Unterricht, was meine Eltern als neuerwachte gitarristische Motivation missdeuteten. Ich setzte mich mit meiner Gitarre in den Raum, in dem die Tanzgruppe ihre Übungen machte, tat so, als blätterte ich gedankenverloren in meinen Noten und beobachtete sie aus den Augenwinkeln, und einmal war mir sogar, als zwinkere sie mir zu. Ich sah sie dann auch mal im Hillegosser Freibad, wo sie sich, von glitzernden Wasserperlen übersät, in der Sonne räkelte und nach allen schönen Dingen dieser Welt aussah.

Dieses Bild hatte ich jetzt vor Augen, als ich mit den anderen Gitarrenschülern die Notenblätter sortierte und mich auf unseren Auftritt vorbereitete. Leider war es genau das falsche Stichwort, denn wie auf Kommando regte sich in der Lendengegend etwas. Nein, nein, nein, dachte ich panisch und verrückte meine Gitarre so, dass sie als Sichtschutz diente, nicht jetzt. Schnell Gegenmaßnahmen einleiten, unbedingt an etwas Anderes, Antierektierendes denken, Pferde – warum Pferde? –, Kotze, Helmut Kohl, meine Physiklehrerin ... Meine Physiklehrerin! Das war gut! Und funktionierte.

Jetzt galt es nur noch, diesen Auftritt hinter mich zu bringen, ohne großartig aufzufallen und ohne mich zu sehr vor Cordula zu blamieren. Aber wie sollte das gehen? Es fiel mir schon schwer genug, das Notenblatt von *Auf der Mauer, auf der Lauer* zu lesen, und das war ein Lied, das ich so gut wie auswendig beherrschte. Aber die Noten eines Stücks zu entziffern, das ich noch nie in meinem Leben auf der Gitarre gespielt hatte, überstieg meine Möglichkeiten dramatisch. Da hätte man gleich von mir verlangen können, die Heilige Schrift direkt aus dem Aramäischen ins Hochdeutsche zu übersetzen. Doch gerade, als ich überlegte, einen Schwächeanfall vorzutäuschen, hörte ich die Trompeten der Kavallerie. Besser gesagt, ich sah sie – in Form einer handschriftlichen Notiz meines Gitarrenlehrers am Rand des Notenblattes, die mir sagte, ich solle keine Angst haben, er habe alle relevanten Teile des Stücks auf die anderen Spieler aufgeteilt, ich könne mich entspannt zurücklehnen und bräuchte nur so zu tun, als spiele ich. Ich musste unwillkürlich lächeln und blickte auf. Mein Gitarrenlehrer zwinkerte mir zu. Und dann spielten wir. Unser Auftritt war ein großer Erfolg und meine Mutter schier aus dem Häuschen, dass wir ausgerechnet ihr Lieblingslied gespielt hatten.

Gefahr gebannt. Durchatmen. Doch das Schlimmste stand mir ja noch bevor: unsere Familientanznummer in passenden Holzfäller-hemden und Halstüchern. Es war eine Sache, sich vor hunderten von Menschen zu blamieren, aber vor hunderten von Menschen *und* Cordula? Ich unterdrückte den Impuls, ein Stoßgebet gen Himmel zu schicken, das war schon einmal schiefgegangen, bei meinem Glück legte ER die gesamte Musik- und Kunstschule in Schutt und Asche.

Mein Vater sammelte uns um sich, wir sollten uns schon mal um-ziehen, wir seien als dritter Beitrag an der Reihe. Während ich das Hemd überzog, hoffte ich vergeblich, dass es sich nicht bloß so an-fühlte, als versinke ich vor Scham im Boden. Und ausgerechnet an diesem Tag war mir, der ich sonst Gott sei Dank von Akne verschont geblieben war, mitten auf der Nase ein Pickel gewachsen, der erst in den folgenden Tagen seine ausdrückliche Reife erlangen würde. Meine Mutter bot an, mit ihrem Make-up auszuhelfen, aber ich lehnte dankend ab. Die ganze Nummer war schon Travestie genug. Ich war noch immer nicht über die furchtbaren zwei Wochen nach meiner Beschneidung hinweg, als ich nichts anderes als Mutters Nachthemd zu tragen imstande gewesen war.

Den ersten Beitrag verpassten wir komplett; das Erste, was ich mit-bekriegte, als ich wieder hereinkam, war der Willkommens-Applaus für Beitrag Nummer 2. Und was ich sah, verschlug mir den Atem: Röchel-Chris und sein Vater bauten sich mit ihren Instrumenten mit-ten im Raum auf. Das war ja klar gewesen, dass sie uns nicht kampflos das Feld überlassen würden. Neben mir beobachtete mein Vater arg-wöhnisch das Spektakel. Ob ich gewusst habe, dass die Röchel-Chrissens auch auftreten würden. Ich schüttelte den Kopf. Nun ja, sagte er, das sollte Motivation genug für uns sein, gleich alles zu geben.

Nachdem sie, wie ich fand, recht überkandidelt und ausgiebig ihre Instrumente gestimmt hatten, verbeugten sie sich nach allen Seiten, rückten ihre Fliegen zurecht, und während sich Röchel-Chris schon mal hinsetzte, räusperte sich sein Vater und begann zu reden.

Ich weiß nicht mehr, was er im Wortlaut sagte, aber sinngemäß erzählte er, dass die Musik schon immer eine große Tradition in ihrer Familie gewesen sei und er bis zum Tode seiner Frau täglich mit ihr gespielt habe, dass es ihn zutiefst berühre, hier und heute mit seinem Sohn stehen beziehungsweise sitzen und spielen zu können, und er spreche mit Sicherheit auch für seinen Sohn, nicht wahr, wenn er sage, dass sie diesen ihren Auftritt seiner Frau, der Mutter seines Sohnes, widmeten. Um mich herum wurden Taschentücher gezückt, ich hörte einzelne Schluchzer, und ein leiser, respektvoller Applaus ging durchs Publikum. Mich überkam ein spontaner Würgereiz.

An dieser Stelle muss ich eine Lanze brechen für Röchel-Chris. Im Prinzip war er ein feiner Kerl. Wir hatten uns zur Einschulung kennengelernt, zusammen mit Wayne, dessen deutsche Mutter bestimmt hatte, dass er eine deutsche Schule besuchen sollte, was Waynes Vater gar nicht schmeckte, weil er überhaupt nichts von Integration hielt. Schließlich hatte die Gefahrenzulage, die er als in Deutschland stationierter Soldat erhielt, einen Grund, und überhaupt Integration, wozu, wenn das Best-Practice-Beispiel erfolgreicher Integration eines Ausländers in Deutschland Adolf Hitler war, aber nun gut, wenn seine Frau das unbedingt wolle, aber zu

Hause werde trotzdem ausschließlich Englisch geredet, Punkt. Wir drei fanden uns recht bald gemeinsam am falschen Ende der Nahrungskette wieder. Das schweißte zusammen, und was anfangs eine reine Zweckgemeinschaft war, entwickelte sich zu einer Freundschaft, in der sich der Hass und die Liebe regelmäßig mit dem Neid die Klinke in die Hand gaben. Wobei Röchel-Chris natürlich wenig dafür konnte, ein kleines, eingebildetes, verwöhntes Einzelkind zu sein. Wie ein schlauer Mann mal sagte: »Jeder bekommt die Kindheit über den Kopf gestülpt wie einen Eimer.«

Trotzdem und bei aller Freundschaft: In dem Augenblick hätte ich ihm gern bei lebendigem Leibe die Eingeweide rausgerissen! Das sei doch nur Masche, hätte ich am liebsten gebrüllt, warum sie das alle nicht durchschauten. Aber es nützte nichts. Die Saat des Bösen war gesät, und Röchel-Chris würde sie schon bald ernten, egal, wie übel er seine Violine malträtierte. Ich blickte verstohlen zur Seite. Ich konnte nicht glauben, was ich sah, ich wähnte mich im falschen Film. Selbst Cordula hatte Tränen in den Augen. Ich vergrub meine Fäuste in der Tasche und knirschte mit den Zähnen.

Was folgte, war das schlimmste Konzert, das ich je gesehen habe. Röchel-Chris' Vater spielte zwar einen recht soliden Stiefel herunter, aber was sein Sohn den vier Saiten an Tönen entlockte, hätte selbst einen kopulationswilligen Kater in die Flucht getrieben. Angeblich spielten sie irgendwas von Mozart, aber entweder spielte einer von beiden das Stück rückwärts oder John Cage war auferstanden und hatte ihnen sein neuestes Werk in die Hand gedrückt. Ich versuchte mir unauffällig die Haare in die Ohren zu stopfen, aber es nützte nichts. Ich fühlte, wie mein Hirn sich langsam aber sicher auflöste.

Derweil schmolz rings um mich herum ein Herz nach dem anderen dahin, manche nickten, andere weinten, und alle klatschten, als die beiden nach den längsten fünf Minuten der Welt aufstanden und sich verbeugten. Cordula hatte es endgültig erwischt, sie tupfte sich mit einem Taschentuch in den Augenwinkeln, und ich spürte einen Stich in der Magengegend. Doch bevor ich mich weiter meinen Mordgelüsten hingeben konnte, wurde meine Familie aufgerufen und mein Vater zerrte mich auf die Tanzfläche. Ich sah ein ehrgeiziges Blitzen in seinen Augen, das ich so nicht von ihm kannte. Mir schwante Übles. Offenbar fühlte er sich durch den Auftritt unserer Nachbarn herausgefordert. Er schwor uns kurz auf unseren Auftritt ein, dann erklärte er dem gespannten Publikum, was es erwarte, und die Show begann.

Bis zuletzt hatte ich gehofft, dass das Schicksal sich gnädig zeigen und im letzten Moment mittels Geiselnahme, Erdbeben oder Atomangriff einschreiten würde, aber als *Cotton Eye Joe* aus den Lautsprechern plärrte und meine Familie im Viereck mit in die Hüften gestemmten Händen auf und ab zu wippen begann, dabei lächelnd wie Ricky King zu seinen Glanzzeiten, wusste ich, dass alles vorbei war. Rhythmus war vielleicht ein Tänzer, ich eher nicht. Ich kniff die Augen zu und beschloss spontan eine dieser außerkörperlichen Erfahrungen zu haben, von denen Folteropfer im Nahen Osten immer so begeistert berichten.

Der Slawy-Platz in St. Petersburg gilt gemeinhin als gefährlichste Kreuzung der Welt. Diese Straßenkreuzung ist nichts anderes als automobil, nein, Automobile gewordener Darwinismus. Eine StVO kennt man dort nicht mal vom Hörensagen, das ganze Leben ist ein einziges Stockcar-Rennen. Und gegenüber einem Fußgänger, der tatsächlich den Schneid hat, den Slawy-Platz zu überqueren, relativiert sich der Mut des Panzerausbremsers vom Platz des Himmlischen Friedens um einiges. Die zugrundeliegende Idee war höchstwahrscheinlich eine Kiste mit bis zum Anschlag aufgezogenen Darda-Autos, die man ausgekippt und ihrem Schicksal überlassen hat.

Als ich wieder zu mir kam, waren wir nicht mehr allein. Der gesamte Saal hatte sich zu uns gesellt und tanzte den *Cotton Eye Joe*. Von einem Squaredance war strenggenommen nicht mehr zu sprechen, hier wurde eindeutig und mindestens im Achteck getanzt. Und es erinnerte stark an den Slawy-Platz im Berufsverkehr, wobei die unfassbare Menschenmasse auf der Tanzfläche eher das größte hinduistische Fest der Welt, Kumbh Mela, zitierte. Um mich herum war offenbar ein dadaistisches Kunstwerk im Gange; Jung, Alt, mein Gitarrenlehrer, selbst eine gebrechliche alte Dame mit Rollator, die ganze Welt war auf den Beinen, und mit Entsetzen stellte ich fest, dass irgend jemand den Acht-Minuten-Megamix eingelegt hatte. Was aber nur mich zu stören schien. Das Virus grassierte. Mein Vater, der alte Trendsetter, hatte eine Bewegung ins Leben gerufen. Das würde Röchel-Chris' Papa gar nicht gefallen, dachte ich und suchte den Rand der Tanzfläche nach ihm ab, bis ich seiner in meiner unmittelbaren Nachbarschaft gewahr wurde. Dort stand er, fiedelte glücklich auf seiner Violine und stampfte dabei wie Rumpelstilzchen im Takt der Musik, während mein Vater neben ihm mit entrücktem Blick den Propeller machte. Es war auch ohne Röntgenblick ganz klar zu erkennen, dass die beiden ein Herz und eine Seele waren. Meinen Vater habe ich selten glücklicher gesehen.

Die gute Nachricht: Cordula sah unsere Aufführung gar nicht, ich hatte mich also mehr oder weniger vor unwichtigen Menschen blamiert. Die schlechte Nachricht: Cordula sah unsere Aufführung deshalb nicht, weil sie zeitgleich mit Röchel-Chris auf dem Parkplatz herumknutschte. Seine blöde Violine hatte ganze Arbeit geleistet. Und noch heute läuft meine Haut grün an, fiedelt der Rieu sein Wiener Schnitzel oder grinst David Garrett auf Gottschalks Sofa.

Man sagt, die Zeit heile alle Wunden. Wir werden sehen.

DAS LIED VON
DER GLOCKE

Auf der Zeltparty in der siebten Klasse beschloss ich, ein letztes Mal mein Glück bei dem Mädchen aus der Parallelklasse zu versuchen. Bei diesem Vorhaben wollte ich nicht allein auf ein mir hoffentlich gewogenes Schicksal vertrauen. Ich hatte Angst, pure Angst, hatte sie mir doch zuvor schon beigebracht, dass Gott zwar Gebete erhörte, Frauen aber Herzen brachen. Alkohol war bitter nötig. Gut also, dass ich nicht nur von meiner Kinderzahnpasta auf die *Sensodyne* meiner Eltern umgestiegen war, sondern mir auch Bier mittlerweile hervorragend schmeckte.

Die Zeltparty fand im Garten einer Klassenkameradin statt. Ihre Eltern hatten sich bereit erklärt, im Fall der Fälle erziehungsberechtigt einzuschreiten, und begrüßten uns fröhlich, während in ihrem Rücken Alkoholvorräte hereingeschmuggelt wurden. Die Sause selbst stieg im holzvertäfelten Partykeller – und mit ihr die Stimmung ins Unermessliche. Abwechselnd betätigten wir Jungs uns als DJs an der vom Vater geliehenen Hi-Fi-Anlage, deren überforderte Boxen nach einer Stunde in den Mitteltönen aufgaben, aber was anderes als Bass wollten wir eh nicht. Eigentlich hörten wir auch gar nicht zu. Alle wollten nur knutschen, die Musik war nebensächlich und Ausrede, sich gegenseitig Unverständliches ins Ohr zu schreien und, wenn die Angeschriene sich zu einem umdrehte und »Was?!« rief, die Gelegenheit beim Schopfe zu ergreifen und sie zu küssen.

Dafür reichte die Geräuschkulisse allemal. Die von gierigen deutschen Produzenten ins Rennen geschickten, von Asylanten vorgetragenen Techno-Rap-Songs hörten sich alle gleich an, und Offspring und Green Day brauchten alles, aber mit Sicherheit keine Mitteltöne. Und ab 22 Uhr ließen wir eh die *BRAVO Hits* durchlaufen, da war schon längst alles egal.

Nicht egal war mir das Bevorstehende. Ich hatte Röchel-Chris und Matthias eingeweiht, und beide erklärten mich für verrückt. Röchel-Chris musste sogar sein Asthmaspray hervorholen, während Matthias meine Chancen ausrechnete, bevor ich ihn bat, die Fresse zu halten, und schnell noch ein Herforder Pils trank. Das war nicht die Unterstützung, die ich mir erhofft hatte, und ich vermisste Wayne, der in solchen Situationen immer den passenden Spruch auf Lager gehabt hatte.

Um kurz nach Mitternacht lagen bereits die ersten Schnapsleichen in ihren Zelten, ein paar Pärchen tanzten Klammerblues zu *74–75* von den Connells und *Kiss from a Rose* von Seal und der Rest saß auf den Sofas im Partykeller oder an der Theke und langweilte sich. Seit zwei Stunden beobachtete ich sie und überlegte mir eine Strategie. Ich war nicht besonders weit gekommen. Ich hatte im Wesentlichen vor, noch mehr Bier zu trinken und abzuwarten, was passierte. Was passierte, war, dass ich noch mehr Bier trank, wodurch ich keins mehr hatte und an die Theke musste, um mir Nachschub zu holen. Jost, der hinter der Theke stand und sich mit geschlossenen Augen und allein zu *Have you ever really loved a woman* von Bryan Adams bewegte, ließ sich kurz dazu herab, mir nachzuschenken. Ich bedankte mich und wollte mich gerade wieder aufs Sofa setzen, als ich angesprochen wurde.

Na, sagte das Mädchen aus der Parallelklasse.

Ich sagte nichts.

Was ich trinke, fragte sie.

Bier, sagte ich.

Geil, sagte sie.

Ja, sagte ich, da habe sie recht.

Dann schwiegen wir und nickten unsere Köpfe rhythmisch zur Musik. Mittlerweile gab es auch keinen Bass mehr, weshalb nur noch Balladen aufgelegt wurden. Irgend jemand hatte tatsächlich eine *Kuschelrock*-CD zur Party mitgebracht. Ich überlegte kurz, sie zum Tanzen aufzufordern, aber ich befürchtete, dass ich wieder eine Erektion bekommen würde und diese dann zwischen uns stünde, und verwarf den Gedanken. Sie schaute mich kurz an, ich lächelte dümmlich, sie lächelte gequält zurück. Wir schwiegen weiter. Ich sah es positiv. Immerhin das hatten wir gemeinsam.

Ich blickte auf mein Bier. Ich hatte mit dem Glas herumgespielt und es in ihre unmittelbare Nähe gerückt. Und ich wollte es haben, also das Bier, also sie auch, aber in dem Augenblick das Bier, doch ich wusste: So besoffen, wie ich war, würde ich mit an Sicherheit grenzender Wahrscheinlichkeit danebengreifen, und daneben standen ihre Brüste. Und sie hatte schöne Brüste. Nicht zu groß, nicht zu klein. Genau richtig. *Angemessen* war das Stichwort, das mir dazu einfiel. Wahrscheinlich hatte mich Tante Gudrun damals traumatisiert, an deren Brust man sich jedes Mal, wenn sie einen zur Begrüßung in den Arm nahm, vorkam wie Moses bei der Teilung des Roten Meeres. Lustig, dachte ich und blickte von ihren Brüsten zu meinem Bier und wieder zurück. Meine beiden Lieblingssachen, direkt nebeneinander. Gefährlich. Die Gefahr war zu groß, dass ich danebenfassen würde. Also entschied ich mich, nach den Brüsten zu greifen – dann würde ich das Bier erwischen. Ein todsicherer Plan. Ich führte ihn aus und merkte schnell: So besoffen war ich doch nicht. Damit hatte sich die Geschichte endgültig erledigt. Ich hatte Planungssicherheit.

Einige Zeit danach beschloss ich, nach vorn zu schauen und tröstete mich mit ihrer besten, nicht ganz so hübschen, dafür mir nicht ganz abgeneigten Freundin Imken, einer pazifistischen Vegetarierin, die aber sonst ok war. Sie sah, wenn man die Augen verengte, ein bisschen aus wie Gudrun Ensslin, was mich furchtbar anmachte, und sie hatte immer ihre Ratte Tobit im Ärmel, was mich nicht ganz so anmachte, vor allem, weil ich es herausfand, indem ich meine Hand subtil unter ihrem Kapuzenpulli an ihrer Taille hochgleiten ließ und von ihrer linken Brust gebissen wurde. Sie wohnte mit ihrer bereits volljährigen Schwester in einer WG, da sie es nicht länger aushielt, bei ihren »kapitalistischen Elternnazis« zu leben. Das unterschied uns. Ich lebte noch in meinem Jugendzimmer bei meinen Eltern, die ich echt ganz ok fand und denen ich in Sachen Faschismus allenfalls vorwerfen konnte, jeden Sonntag Rosamunde Pilcher zu gucken. Als ich Imken einmal zu Hause besuchte und sie mich durch die Altbauwohnung im Bielefelder Osten führte, lernte ich ihre Mischpoke kennen, die immer nur in der weitläufigen Küche herumsaß. Ein langhaariger Bombenleger knipste über der Küchenspüle seine Fußnägel, zwei weitere Mitbewohner schnippelten Zutaten für die Suppe (es gab *immer* Suppe. Immer!), drehten ständig Zigaretten, rauchten Kette und sprachen jedes Mal, wenn ich da war, über Jazz. Und Imkens große Schwester, ein rothaariger Punk namens

Hexe, fragte mich, was man denn bei einem Scheidenpilz wohl am besten mache. Nicht drüber reden, zum Beispiel, riet ich.

Ich war dann auch nicht so oft in der WG, das ganze Drumherum faszinierte mich zwar ungemein, überforderte mich behütetes Mittelschichtkind aber eklatant. Um unseren mündlichen Prüfungen nachzugehen, nutzten Imken und ich das Schulgelände. Nur knutschten wir mittlerweile nicht mehr im Fahrradkeller. Dieses Feld überließen wir den neuen Fünftklässlern. Wir hatten einen neuen, noch besseren, viel gemütlicheren, mit Sofas, Tischen und Kaffeemaschine sowie zahlreichen BRAVO-Starschnitten ausgestatteten Platz. Wir knutschten im SV-Raum. Liebe war von einem Moment zum anderen politisch geworden.

Die politische Ernüchterung der in den 8oern Geborenen führe ich unmittelbar darauf zurück, dass das A-Team die Messlatte so hoch gelegt hatte, dass alles danach Kommende unbedingt scheitern musste. Wenn die Welt nicht klar in Schwarz und Weiß einzuteilen ist, wie in den Actionserien meiner Jugend, sondern grau und diffus ist und wenig greifbar scheint und Gut und Böse sich die Klinke in die Hand geben wie in den frühen Heroic-Bloodshed-Filmen von John Woo, dann bin ich schnell überfordert. Das war früher alles besser. Also nicht die Welt. Die Welt war schon immer schlecht. Aber das mit dem Feindbild. Wir hatten immerhin eins. Heute verramschen ja selbst die Grünen unsere Seelen auf dem Marktplatz der politischen Eitelkeiten. Da hält man sich lieber aus allem raus. Das war nicht immer so.

Wir waren mal politisch. Und wir wollten die Welt verändern. Als Jacques Chirac die Kernwaffentests auf dem Mururoa-Atoll fortsetzte, setzten Benny, Röchel-Chris, Matthias Baumann und ich uns hin und schrieben einen Protest-Rapsong namens *Fuck Chirac!* Der Refrain lautete: »Fuck Chirac! Fuck Chirac! Deine Atomwaffentests sind der größte Kack. Aloha, Mururoa, alle Menschen auf die Arche Noah, Fuck Chirac!, Fuck Chirac!, Fuck Chirac!«

Der Titel und weite Teile des Textes, sagte Matthias Baumann, seien ihm nicht subtil genug.

Kernwaffentests seien auch nicht gerade dafür bekannt, subtil zu sein, entgegnete Benny.

Den Feind mit seinen eigenen Waffen schlagen, pflichtete ich bei, das sei das Ziel.

Aber wie schnell, das zeige doch die Geschichte, gab Matthias zu bedenken, fresse die Revolution ihre Kinder.

Er sei zwar nicht seiner Meinung, sagte Benny, aber er würde sein Leben dafür geben, dass er sie immer äußern könne.

Das heiße was? fragte Matthias.

Das heiße, dass er endlich die Fresse halten solle, sagte Benny, der Text sei super und fertig.

Es blieb also bei *Fuck Chirac!* Der Titel drückte nun mal im Wesentlichen genau das aus, was wir, und unterm Strich auch Matthias, fühlten: Chirac, die dumme Sau, sollte sich ficken, und am besten ins Knie. Leider verwehrte uns der Songtitel die Teilnahme am Schülerkonzert auf dem Schulfest, was wir als »ätzend faschistoiden« Eingriff in unsere Grundrechte bewerteten. Stattdessen sangen wir vierstimmig *Mann im Mond* von den Prinzen. Unser Plan war, am Ende des Liedes ein Banner zu entrollen, auf dem wir auf Chiracs Atompolitik aufmerksam machten. Gleichzeitig sollte Benny quasi als Zugabe unseren Song *Fuck Chirac!* an- und wir alle einstimmen. Unser Plan scheiterte daran, dass Röchel-Chris das Banner in seinem Schulranzen vergaß und stattdessen ein Poster von Lucilectric aufklappte; außerdem wurden unsere Mikrofone direkt nach dem Auftritt abgestellt. Unsere nun unplugged gebrüllte Parole ging im allgemeinen Gejohle unter, das bereits nach der Hälfte des Mann-im-Mond-Liedes eingesetzt hatte, weil wir ungefähr keinen einzigen Ton getroffen hatten. Entmutigt sahen wir nur noch im Rückzug in den bewaffneten Untergrund eine Chance und gründeten aus aktuellem Anlass das *Kommando Wolfgang Grams*. Denn nach zwei Jahren Nationalsozialismus im Geschichtsunterricht war auch den Dümmsten in der Klasse langsam, aber sicher aufgegangen, dass jene Zeit nicht gerade eine von Deutschlands Sternstunden gewesen war. Sonst wurde uns herzlich wenig über die deutsche Geschichte beigebracht. Ob Goethes Weisheit, dass Zuwachs an Kenntnis Zuwachs an Unruhe sei, dieser Zensur zugrunde lag, weiß ich nicht. Auf jeden Fall trat trotz – oder eben genau wegen – dieser schulischen Ausklammerung eine gewisse politische Unrast zutage. Da wir in der Schule nichts über die RAF, dafür aber sehr viel über die Nazis gelernt hatten, waren wir uns selbst überlassen, philosophierten uns nach der Schule unser eigenes Baader-Meinhof-Weltbild zurecht und kamen zu dem Ergebnis, dass sie im Prinzip richtiglagen. Deutschland, als Staat der Rechtsnachfolger der Scheiß Nazis, war ein grundsätzliches Übel, das es zu bekämpfen galt. Unsere romantisierte Stadtguerillasehnsucht tat ein Übriges. Die rote Bibel im Herzen, die Faust in der Tasche des Bundeswehrparkas, über dem ein naiver Kopf samt Pali-Schal thronte.

Ich betrachtete unsere Gruppe im weitesten Sinne nicht als Terrorvereinigung. Auch Andreas Baader und Co. waren meiner Meinung nach keine Terroristen gewesen. Ich nannte sie Freiheitskämpfer. Ich hatte eine sentimentale Schwäche für das Aufmüpfige, was mich trotz meines britischen Migrationshintergrunds mit der IRA sympathisieren ließ. Ich konnte die Iren, vielleicht aufgrund meiner gibraltarischen Herkunft, verstehen. Und natürlich, weil ich nicht unmittelbar betroffen war. Meine Eltern waren keine Angehörigen der britischen Streitkräfte.

Ganz im Gegensatz zu Wayne, für dessen Familie der Terror der IRA allgegenwärtig und blutiger Ernst war. Wenn ich mit meinen Eltern irgendwo hinfuhr, stiegen wir einfach ins Auto und fuhren los. Waynes Vater hingegen ließ seine Familie an der Tür warten, ging zum Wagen, legte sich auf den Boden und kontrollierte sorgfältig den Unterboden. Erst wenn er sich völlig sicher war, dass keine Autobombe der IRA am Familiengefährt klebte, durften alle einsteigen. An den Einfahrten zur Kaserne hielten die Soldaten sogar Spiegel unter die Autos. Und im britischen Armeefernsehen liefen Spots, die die Zuschauer für die ständige Bedrohungslage sensibilisierten. Das war für mich aber nur ein faszinierendes Spiel gewesen. Und der Begriff Terror sehr vage. Warum sollte das, wofür das die Indianer und der Wolfstänzer einen Oscar erhielten, im Falle der RAF und der IRA schlecht sein? Ohnehin gab es nur einen Terrorismus: den von rechts.

Unsere erste Begegnung mit Rechtsradikalismus war ein paar Jahre zuvor das Lied *Schrei nach Liebe* von den Ärzten gewesen. Wir schnitten die in der BRAVO abgedruckten Songzeilen aus und lernten sie auswendig. Zuhause hatten wir immer wieder von den Geschehnissen in Hoyerswerda und Rostock-Lichtenhagen gehört, aber nicht viel mit ihnen anfangen können. Mit dem Song der Ärzte wurde ein Schuh draus.

Während unsere Klasse im Allgemeinen sehr links und sehr autonom war, gab es in den Parallelklassen einige Rechte. Deshalb lernte unser Austauschfranzose, dem nach einer Woche die Mädchen in unserer Klasse ausgegangen waren, die er knallen konnte, nach »Ficken« als zweites deutsches Wort »Hitler«. Damit hatte er in etwa den Wortschatz von Winston Churchills Papagei. Vor allem die Clique aus Ubbedissen, einem sehr ländlichen Stadtteil des ohnehin sehr ländlichen Bielefeld, dessen Stadtteilhöhepunkt das jährliche Feuerwehrfest war, fiel unangenehm durch deutschtümelnde Allüren auf. Und mir schmierten sie, so oft es ging, aufs Brot, dass ihr Wehrmachts-Opa, je nach Tagesform, in britischer oder in französischer Kriegsgefangenschaft ums Leben gekommen war. Dann standen sich beide Gruppen in der Raucherecke gegenüber, beschimpften sich, sie bezeichneten uns als Scheiß-Zecken, wir ließen sie wissen, dass alle Menschen irgendwo Ausländer seien. Danach spielte man im Sportunterricht in derselben Mannschaft und freute sich gemeinsam über Tore.

Bei Naziaufmärschen teilte sich die Schülerschar auf, die eine Hälfte lief mit, die andere demonstrierte gegen. Glatze oder Filz, Fred Perry oder Cordschlaghose, Onkelz oder Hosen – hinterher traf man sich und trank ein Bier, nur dass wir Linken uns nicht umziehen mussten. Die Lehrer kamen mit Parka und rotem Stern eben besser klar als mit Springerstiefeln. Und: Wir konnten Steine und Flaschen werfen, soviel wir wollten, hinterher schrieben die Zeitungen eh, die Rechten hätten angefangen. Aber es war alles nicht so bierernst.

Man ging auf eine Schule, fand sich eigentlich gegenseitig gar nicht so doof, und für irgendeine Seite musste man sich ja entscheiden. Und wer in Ubbedissen wohnte, hatte vermutlich keine andere Wahl.

Speziell um Lutz tat es mir leid, der alles war, bloß kein Nazi. Er war einfach nur dumm, wodurch das dann doch wieder Sinn ergab. Lutz spielte mit mir in der Basketballmannschaft und hatte das Pech, der Lakai der dummen Ubbser zu sein, wie wir die Ubbedisser Nazi-Clique nannten. Seine Eltern hatten einen Getränkemarkt und ihn entweder nach der Geburt fallengelassen oder vor der Geburt die eine oder andere Inventur zu genau genommen. Auf jeden Fall hatten sie einen sehr bemitleidenswerten, sehr, sehr dummen Menschen zur Welt gebracht, der das Herz eigentlich am rechten Fleck hatte, das aber dummerweise im doppelten Sinne. Lutz plapperte alles nach, was man ihm vorsagte, und zum Leidwesen der Menschheit war das hauptsächlich das einschlägige Hetzmaterial seiner Ubbser-Clique, die ihn aufnahmen, weil sie noch einen Dummen suchten, um wenigstens in der Addition auf einen IQ von 75 zu kommen. Und er blühte auf. Plötzlich hatte er Freunde, ein ihm bisher unbekanntes Gefühl, und im Versuch, alles Erdenkliche zu machen, um diese Freundschaft zu pflegen, wandelte er sich zu einem vorbildlichen Rechtsaußen.

Irgendwann merkten aber selbst die Ubbser, was für hoffnungslose Idioten sie waren. Ihre rechten Neigungen waren eine Modeerscheinung gewesen, nichts anderes als pubertäres Rebellentum, Ausloten von Grenzen. Die Nazi-Clique löste sich auf, und Lutz stand von einem Tag auf den anderen ohne ideellen Nährboden da. Er kam damit nicht klar. Nach dem Basketballtraining klagte er mir sein Leid, beschwerte sich über den Verrat und dass sein Lebensinhalt weg sei. Da könne er sich direkt umbringen. Wie es denn nun richtig sei, fragte er, das mit dem Pulsadernaufschneiden, längs oder quer. Ich schlug vor, er solle es einfach ausprobieren, eine von diesen Varianten sei sicher die richtige, oder, noch besser, er könne ja sichergehen und sich ein Hakenkreuz reinschneiden, das würde ja passen und sähe sicher hübsch aus. Lutz seufzte und verschwand. Man sah ihn noch eine Zeit lang in Bomberjacke einsam auf dem Schulhof herumlaufen und den Verrätern, die mittlerweile friedlich mit uns in der Raucherecke standen, böse Blicke hinterherwerfen. Aber das Hakenkreuz auf dem rechten Unterarm, dass er sich monatelang täglich frisch mit dem Permanentmarker nachgezogen hatte, verblasste immer mehr. Dass er es überhaupt hatte malen können, beeindruckte mich. Ein rechter Winkel scheint ja schon komplex genug, aber gleich deren vier, Hut ab. Für einen solchen Synapsenverweigerer wie Lutz, den aufrechten Deutschen, eine intellektuelle Meisterleistung.

Ansonsten spielte sich Politik hauptsächlich zwischen der Rettung der Welt, der theoretischen Bekämpfung des deutschen Staates und dem Klassenraum ab. Unsere Klasse war äußerst diskussionsfreudig, und wir ließen es unsere Lehrer spüren. Vor dem Schwimmunterricht machten wir es zur guten Tradition, die UN-Menschenrechtscharta vorzulesen. Natürlich war ich einer der Schüler mit der größten Klappe. Egal, was die Lehrer sagten oder taten, ich hinterfragte es. Das brachte dummerweise mit sich, dass ich automatisch als Kandidat für die Klassensprecherwahl in Frage kam, was ich mit einigem Unbehagen zur Kenntnis nahm. Mein Diskutieren war nichts anderes als eine Zermürbungstaktik, mit der ich den Widerstand der Lehrer brechen wollte. Ich war weniger an konstruktivem Dialog interessiert als an zivilem Ungehorsam. Warum reden, wenn man sprengen konnte? Da war ich eindeutig von Macaulay Culkin geprägt worden, der allein schon deshalb mein Held war, weil sein Debütfilm meinen Geburtsort im Titel trug. Doch am Ende des Tages wollte ich einfach meine Ruhe haben. Klassensprecher zu sein schien mir viel zu anstrengend und erforderte überdies direkte Verhandlungen mit dem Feind, und das *Kommando Wolfgang Grams* verhandelte aus Prinzip nicht. Das Amt des Klassensprechers überließ ich Röchel-Chris, der immer versuchte, beide Seiten zu sehen, und sich aus Konflikten grundsätzlich raushielt. Wir nannten ihn Schweiz.

Bei allem gebotenen Misstrauen gegenüber den höheren Mächten: Manches nahm man dann doch mangels besseren Wissens als gegeben hin. Ich solle mich nicht so anstellen, sagte meine Mutter, als ich irgendwann von der Schule nach Hause kam, ich solle mich nicht so anstellen, sagte sie, als ich mich beschwerte, dass wir als Hausaufgabe alle drei Strophen von Rilkes *Panther* auswendig lernen sollten. Sie hätten ja damals Schillers *Glocke* lernen müssen. Alle 31 Strophen. Sagte meine Mutter. Als Kind glaubt man ja alles, was die Eltern sagen. Im Gegensatz zu anderen Kindern wurde ich nie wesentlich belogen. Man machte nie einen Hehl daraus, dass es den Weihnachtsmann nicht gab, man verschwieg mir nie, dass Hasen, die Eier legen, eine absurde Vorstellung waren, und da wir keinen Fernseher hatten, liefen meine Augen gar nicht erst Gefahr, viereckig zu werden.

So kam es, dass die Leichtgläubigkeit mein Hirte wurde und ich auch als Jugendlicher noch meiner Mutter glaubte, als sie mir sagte, sie habe noch Schillers *Glocke* auswendig lernen müssen. Da seien drei Strophen im Vergleich ein Klacks. Es ist schon bezeichnend, dass der deutsche Lehrplan dem deutschen Schüler innerhalb von vierzig Jahren eine geistige Verkümmerung von über 90 Prozent unterstellte. Und wie recht er damit hatte. Ich war mit diesen drei Strophen heillos überfordert.

Dabei hätte es nur ein wenig Dreisatzrechnung bedurft, um das Argument meiner Mutter zu widerlegen. Ich glaube nicht mehr, dass damals alle die *Glocke* auswendig konnten. Für das Rezitieren des Lieds der *Glocke* in Gänze muss man Pi mal Daumen zwanzig Minuten veranschlagen. Gehen wir davon aus, dass eine Schulstunde in den 50ern noch tatsächlich volle sechzig Minuten dauerte, blieben nach Abzug der üblichen Lehrkörper-Präambel, Unruhen und organisatorischem Gedöns knapp 40 Netto-Unterrichtsminuten. Also gerade mal genug Zeit, um den Lernerfolg zweier Schüler zu kontrollieren. Nehmen wir nun der Beispielrechnung halber an, eine Woche habe im Schnitt fünf Deutschstunden; was bedeutete, dass zehn Schüler die Gelegenheit bekämen, die *Glocke* zu rezitieren. Da aber im Schnitt immer eine Unterrichtsstunde pro Fach und Woche ausfällt, kann man davon ausgehen, dass realistisch betrachtet acht Schüler pro Woche *Das Lied* im Unterricht zum Besten geben konnten. Auf 30 Schüler hochgerechnet, käme man grob überschlagen auf fast vier Wochen, die bloß für die Lernkontrolle draufgingen! Der totale Wahnsinn! Welcher Lehrplan macht das denn mit?

Nun glaube ich ja auch nicht, dass jeder einzeln abgefragt wurde. Vermutlich fing einer an, dann sagte der Lehrer, stopp, jetzt der Wolfgang, Wolfgang fuhr an der Stelle fort, der Nächste, danach wurde Irmgard aufgerufen, ihr rann von der Stirn heiß der Schweiß, ja, ähm, gerade *der* Vers bereite ihr, danke, Irmgard, setzen, Sechs. Was natürlich den dialektischen Unterbau dieser urbanen Legende schon sehr ins Wanken bringt. Denn wer wie ich in seiner Schullaufbahn wenn überhaupt irgend etwas, dann die Lektion gelernt hatte, dass Unterricht maßgeblich dafür da war, nach Strich und Faden zu bescheißen und sich so selten wie möglich dabei erwischen zu lassen, hätte es damals drauf ankommen lassen und die *Glocke* und ihre vierfüßigen Trochäen eher unverbindlich gelernt. Hier mal eine Stelle, da mal eine Passage. Würde schon schiefgehen.

Den *Panther* habe ich dann auch nicht auswendig gelernt. Drei Strophen sind keine. Dachte ich mir so. Und als ich meiner Mutter von der Fünf erzählte, sagte sie, sie habe ja damals die *Glocke* auswendig gelernt. Und die *Bürgschaft*. Und Rilkes *Panther* sowieso. Ich hinterfragte es nicht.

SV

Dass ich das Klassensprecheramt abgelehnt hatte, passte Imken überhaupt nicht. Sie ließ mich wissen, sie finde es sehr schade, dass ich diese exzellente Gelegenheit, mich zum Wohle der Klasse zu engagieren, ungenutzt habe verstreichen lassen. Sie sei durchaus der Ansicht, dass ich politisch noch Steigerungspotenzial habe. Ich verwies auf unser *Fuck-Chirac!*-Lied, aber sie meinte, dass ihr das nicht nachhaltig genug sei. Das seien doch bloße Lippenbekenntnisse; nach Gorleben hatte ich ja auch nicht mitkommen wollen. Ich wies darauf hin, dass es weniger mit Wollen als vielmehr mit Dürfen zu tun gehabt habe. Meine Eltern hatten bereits mit einigem Argwohn Marx' *Kapital* in meinem Regal entdeckt, aber Imken fand, dass ein wildes Herz sich nicht zähmen lasse. Auch nicht durch Hausarrest. Sie möge nicht vergessen, sagte ich, dass das *Kommando Wolfgang Grams* seit längerem den NDH, den Neuen Deutschen Herbst, plane, der alles, wirklich alles verändern werde in diesem Land. Sie kniff die Lippen zusammen. Meine Gewaltbereitschaft sei ihr, genau wie meine Neigung, zum Fußball zu gehen, ein Dorn im Auge. Nur der friedliche Weg sei eine Alternative, Woodstock dürfe nicht umsonst gewesen sein, schließlich könne man, was man mit Gewalt gewonnen habe, nur mit Gewalt behalten, predigte Imken. Wenn ich wenigstens ein kleines bisschen was Gutes für die Welt tun wolle, könne ich sie zu den Sitzungen der SV, der Schülervertretung, begleiten. Das sei zwar nur ein kleiner Schritt, aber ob ich nicht wisse, dass jeder in seinem Umfeld zur Verbesserung der Welt beitragen könne, was im Einzelnen zwar ein Tropfen auf dem heißen Stein sei, jedoch ergäben viele kleine Tropfen einen reißenden Fluss.

Ich seufzte. Was blieb mir anderes übrig? Sie konnte unfassbar gut knutschen, und anders als Christine musste ich sie nicht erst via Brief nach einem ZK fragen; es gab für sie ganz einfach keine andere Art zu knutschen. Also biss ich in den sauren Apfel und begleitete sie.

Der SV-Raum. Ein Mikrokosmos aus Kommunisten, Sozialisten, Zapatisten, Marxisten, Maoisten, Trotzkisten und Jusos, ein durch und durch explosives Gemisch aus gefährlichem Halbwissen, und mittendrin: ich. Was ich gut fand: dass die Hauptdarsteller von *Beverly Hills 90210* als Starschnitt einträchtig mit Postern von Che Guevara und Jassir Arafat an der Wand klebten und »Free Mumia Abu-Jamal«-Aufkleber auf einem Wandgraffiti des hässlichen Schulmaskottchens prangten. Über der kleinen Küchenzeile hingen drei IKEA-Uhren, die erste zeigte die Ortszeit Havannas an, die zweite die von Pjöngjang, unter der dritten stand »Bielefeld-Sieker«, und irgend jemand hatte oberhalb der Uhren mit einem Permanentmarker den Spruch »Global denken, lokal handeln« gekritzelt.

Was ich nicht so gut fand: die SV selbst. Was im SV-Raum an Sinnvollem totdiskutiert wurde, könnte heute noch den wirtschaftlichen Aufschwung mehrerer überschuldeter Industrienationen ankurbeln. Ich war ja nicht gerade dafür bekannt, in Aufsätzen beim Thema zu bleiben, auch war ich nicht gerade derjenige, der aktiv Problembewältigung betrieb, aber selbst für meine Verhältnisse war die SV eine programmatische Totgeburt. Es war beeindruckend zu beobachten, wie eine Diskussion von ihrem Ausgangspunkt »Sanierung der Schultoiletten« innerhalb weniger Minuten über die Party im Arbeiterjugendzentrum schon bald bei der Befreiung Tibets landete, und spätestens dann sagte immer irgend jemand, man müsse das Thema ja auch mal aus feministischer Sicht anpacken. *Anpacken*, irgend etwas, scheißegal was, wäre ein gutes Stichwort gewesen, aber bis zu diesem Punkt kam man nie. Selbst mir war das zu unverbindlich. Wenigstens Farbbeutel hätte man zwischendurch werfen können. Aber es gab nur Teebeutel, und es wurde hauptsächlich geredet, geredet, Tee aufgebrüht und dann wieder geredet, wobei ein Zyniker wohl eher von »Zerreden« gesprochen hätte. Was ja nicht Sinn der Sache war; es war doch erklärtes Ziel, den Feind zu zerstören, aber ich hatte das Gefühl, dass man sich gerade selbst schlug. Zwischendurch, wenn sich die verschiedenen Gruppen zur Einzelarbeit zurückzogen, wurde Gott sei Dank geknutscht. Letzteres gefiel mir ausgesprochen gut. Imken hatte ein Zungenpiercing, das fand ich spannend, denn neben dem Prickeln des Speichelaustauschs war das Vermeiden einer unliebsamen Vereinigung ihres Zungenschmucks mit meiner Spange der größte Kick an der Sache.

Nicht, dass ich nicht gern diskutierte. Im Gegenteil. Schon als Kinder hatte wir ganze Jahreszeiten mit furchtbar obsoleten Diskussionen und dem Durchkauen völlig abwegiger Prämissen wie »Wenn Darth Vader gegen Moses kämpfen würde, wer würde gewinnen?« verbracht. Und ich liebte auch die Abende mit Imken in ihrer WG, bei Kerzenschein und Beatles oder dem Forrest-Gump-Soundtrack auf dem Plattenteller, wo wir auf dem Sofa stundenlang über eine bessere, kommunistischere Welt redeten, nachdem wir uns vorher gegenseitig Lieblingspassagen aus der *Roten Fahne* oder diskussionswürdige Ansätze aus *Schöne neue Welt* vorgelesen hatten. Und danach knutschten wir. Gute Zeiten. Und ich hatte ja auch nicht den Anspruch, an der Gestaltung des Schulwesens mitzuwirken und die Interessen unserer Mitschüler zu vertreten. Ich persönlich war ausschließlich aus niederen Beweggründen in der SV.

Eines Nachmittags, Imken und ich saßen gerade knutschend auf einem der vom Sperrmüll geholten flohverseuchten Sofas in einer dunklen Ecke des stets nur von Grabkerzen erleuchteten SV-Raums, kam Eckes herein und sagte, dass er einen großartigen Ansatz für unsere nächste Aktion habe.

Das sei doch Aufgabe der Aktionsgruppe, wandte Imken ein, und er, Eckes, sei in der Verpflegungsgruppe.

Aber er habe eine Idee, sagte Eckes.

Ideen seien Aufgabe der Kreativgruppe, und damit übrigens auch ihre, beharrte Imken.

Aber, sagte Eckes.

Nix aber, blieb Imken hart, Einwände müssten bei der Vorstandsgruppe angemeldet werden, man habe die Zuständigkeiten doch besprochen.

Aus einer anderen Ecke des Raums kam ein dezentes Räuspern.

Die interdisziplinäre Projektarbeit erfordere in Einzelfällen eine kompetenzübergreifende Diskussion, meldete sich Matthias Baumann, der offenbar die ganze Zeit unbemerkt von uns in der Leseecke in einer Abhandlung über Ignaz Paul Vitalis Troxler geblättert hatte, schlichtend zu Wort.

Ich wollte gerade aus Tradition »Halt die Fresse« rufen, als mir auffiel, dass Subcommandante Matthias' Meldung gar nicht so dumm gewesen war. Und um zu verhindern, dass Imken anmerkte, Diskussionen seien Sache der Diskussionsgruppe, erklärte ich, dass ich an Eckes' Idee interessiert sei, was mir einen bösen Blick von Imken einbrachte.

Zufrieden stellte sich Eckes vor uns auf und schnippte effektheischend mit beiden Händen.

Papier, rief er.

Papier, fragte ich perplex.

Papier, rief jetzt auch Imken, scheinbar jenseits aller Zuständigkeitsfragen plötzlich erleuchtet.

Papier, wandte ich mich ihr fragend zu.

Ja, Papier, riefen jetzt beide, diese immense Papierverschwendung an unserer Schule. Ständig werde etwas kopiert und verteilt, und immer nur einseitig, und immer dieses ekelhafte weiße Papier, warum nicht mal Recyclingpapier, und warum nicht Blätter mehrfach verwenden und so weiter und so fort.

Das klang sinnvoll. Endlich, dachte ich. Endlich kein Wolkenkuckucksheim. Und seitdem ich ständig auf Antihistaminen war, fand ich Natur auch wieder ok.

Er werde einen Text zur Aktion verfassen, sagte Eckes. Imken protokollierte. Details könne man gleich in großer Runde mit den anderen Gruppen besprechen, aber ein paar Punkte wolle man zur Sicherheit schon mal notieren. Die Umwelt müsse in den Blickpunkt gerückt werden, war man sich einig, ein Bewusstsein für einen sparsameren Umgang mit den Ressourcen unserer großen Freundin Erde geweckt werden, jedes Blatt Papier seien die Tränen eines Baumes, dichtete Eckes, meinen Einwand ignorierend, dass der Vergleich hinke, da das ja bereits das Harz sei, und dann hielt er seinen Entwurf hoch, ein A4-Blatt, auf dem eine Erde zu sehen war, die ellipsenartiger war, als gesund sein konnte, und um sie herum in Blockschrift die rhetorische Frage, ob der Leser mehr als diese eine Erde habe. Darunter dann ein kurzer Absatz, der auf die weltweite Papierverschwendung aufmerksam machte, und dass jeder in seinem Umfeld zur Verbesserung beitragen könne, was im Einzelnen zwar ein Tropfen auf dem heißen Stein sei, aber – und diesen Teil hatte er etwas größer und in Anführungszeichen gesetzt – in Summe ergäben viele kleine Tropfen einen reißenden Fluss.

Imken nickte begeistert. Da ich hoffte, gleich wieder knutschen zu können, nickte ich genauso begeistert. Auch Matthias war über seine Verhältnisse euphorisch. Aber niemand war so begeistert und hochmotiviert wie Eckes. Er werde, rief er, den Entwurf am PC finalisieren und dann könne die Materialgruppe das Flugblatt fünfhundertmal kopieren.

Ähm, räusperte ich mich. Ähm.

Ja? fragten Eckes und Imken unisono.

Ob das nicht dem Anliegen der Aktion zuwiderlaufe.

Eckes und Imken schauten mich unglücklich an.

Ich würde ja nur meinen, sagte ich kleinlaut, aber wenn wir schon Papierverschwendung anprangerten. Ob es denn unbedingt ein Flugblatt sein müsse, ein öffentlicher Aushang wäre vielleicht zweckdienlicher.

Eckes schüttelte den Kopf.

Mit meiner Einstellung wären die Geschwister Scholl nie zu Helden des Widerstands geworden, sagte Imken.

Mit meiner Einstellung würden sie noch leben, bemerkte ich. Und unterdrückte meinen Impuls hinterherzuschicken, dass man das Ganze ja auch mal aus der feministischen Warte betrachten könne.

Es waren Wortbeiträge wie diese, allgemein meine Einstellung, grundsätzlich alles zu hinterfragen, die mir den Ruf eines Dekonstruktivisten bescherten. Immer öfter fiel mir auf, dass mich Imken schräg von der Seite anguckte, mit einem seltsamen Blick, der weit von jenem entfernt war, mit dem sie mich in den Anfängen unserer Romanze bedacht hatte. Wie man eben einen unerwünschten Fleck auf einer frisch geweißten Wand betrachtet.

Auch mich beschäftigte der eine oder andere Makel. Sie küsste zwar wie eine Weltmeisterin, aber gleichzeitig nervte mich beispielsweise ihre Angewohnheit, dasselbe Lied zig Mal nacheinander zu hören, sehr. Ich hörte immer ganze Alben am Stück. Zugegeben, nicht ganz freiwillig. Ich hatte das *Walkman*-Modell ohne Rückspultaste. Ich konnte nie ein Lied zweimal nacheinander hören. Entweder ich musste das ganze Album einmal durchlaufen lassen und hatte so – was Mutters Vorfreude-Philosophie Genüge tat – ein ganzes Album Zeit, mich auf das Lied zu freuen, oder, was die umständlichere, aber bei richtig guten Liedern trotzdem oft zur Anwendung gekommene Variante war, ich drehte die Kassette um (denn mein *Walkman* hatte natürlich nicht die Funktion, ohne Umdrehen der Kassette die Seite wechseln zu können), spulte dann auf dieser Seite Pi mal Daumen vor und legte die Kassette wieder andersrum ein. Oft genug war ich mit den Gedanken nicht bei der Sache und spulte dummerweise auf der anderen Seite zurück statt vor, was bedeutete, dass ich an einer ganz anderen, völlig ungewünschten Stelle landete, was umso ärgerlicher war, wenn ich mir die letzten hundert Meter bis zur Schule noch schnell mit *Welcome to the Jungle* hatte versüßen wollen. Bis heute hasse ich es, wenn Frauen dasselbe Lied zigmal nacheinander hören. Alles nur, weil ich das *Walkman*-Modell ohne Rückspultaste hatte. Und Imken gehörte eben auch zu diesen notorischen Song-tausend-Mal-Wiederholungstätern. Ob sie des Liedes nicht überdrüssig werde, fragte ich sie. Nö, antwortete sie, sie könne es gar nicht so oft hören, dass es langweilig werde. Ach übrigens, fügte sie noch hinzu. Sie finde schon, dass wir uns sehr oft sähen. Vielleicht sähen wir uns einfach mal nicht so oft, sagte sie, sprach's, drehte sich auf den Bauch und hörte sich zum ungefähr vierzigsten Male *Crazy* von Aerosmith an.

Und dann musste ich irgendwann nicht mehr heimlich Mettbrötchen essen, denn Imken machte mit mir Schluss. Genaue Gründe lagen mir nicht vor, vermutlich waren es meine dekonstruktivistischen Tendenzen oder der Umstand, dass wir uns ständig sahen. Als recht eindeutiges Indiz betrachtete ich auch ein Gespräch, das wir kurz zuvor geführt hatten und das ich ins Rollen brachte, als ich sie fragte, warum sie mich so angewidert anstarre.

Ich sei ja eigentlich gar kein richtiger Ausländer, sagte sie mit gerunzelter Stirn.

Schon, entgegnete ich. England und Frankreich lägen beide im Ausland.

Schon, sagte sie, aber nicht so richtig Ausland, wie Länder, in denen es den Leuten nicht so gut gehe.

Na ja, antwortete ich, immerhin hätten die Deutschen meine Herkunftsländer in Schutt und Asche gelegt.

Das sei was anderes, winkte sie ab, vertiefte aber leider nicht, was genau. Schade. Deswegen habe sie mich ja kennenlernen wollen, sagte sie, sie habe schon einen schwulen besten Freund, ein Ausländer habe doch so gut in ihr Anforderungsprofil gepasst. Ein richtiger Ausländer, präzisierte sie.

Ich fühlte mich unangenehm an die Grundschulzeit erinnert, in der man, egal was man machte, alles falsch machte und in meiner Haut ständig zwischen den Stühlen saß. Ich war gebürtiger Brite und fühlte mich auch halbwegs so; in meinem familiären Umfeld war die englische Kultur die prägendere. Aber besuchte ich Wayne im Britenghetto der englischen Armee am Ende der Straße, war ich für seine Nachbarn »der Deutsche« – trotz meines fehlerfreien Englisch mit astreinem Cockney-Akzent. Es ärgerte mich; ich wollte weder »der Deutsche« noch »der Engländer« sein. Ich war doch einfach »Mischa«.

Die Orientierungslosigkeit erstreckte sich auch auf die Schule. Die ersten vier Jahre besuchte ich eine ganz stereotype Bielefelder Grundschulklasse. Zwar lag die Schule im gutbürgerlichen Teil des Viertels diesseits der Bundesstraße, aber das Einzugsgebiet erstreckte sich bis nach unten in das berüchtigte Conti-Bronx-Ghetto, dessen Plattenbauten wir von unserer Hangstraße aus im Tal sehen konnten. Die Baumann-Geschwister, Röchel-Chris, Wayne und ich waren die einzigen in unserer Klasse, die nicht aus dem South Central Bielefelds stammten. Wir waren genau dreißig Schüler und Schülerinnen, die sich folgendermaßen aufteilten:

12 Türken

6 Kurden

5 Deutsche

2 Araber

2 Russen

1 Afghane

1 Nigerianer

Und ich. Britisch, französisch und deutsch. Ich bin ein Weltkrieg. Ich stamme ausgerechnet von all jenen europäischen Völkern ab, die sich schon immer bis aufs Blut hassten.

Wir Engländer hassen uns Deutsche, weil Letztere besser Fußball spielen, obwohl Erstere den Sport erfanden, und wir hassen die Franzosen, weil sie Franzosen sind. Punkt. Wir Deutschen belächeln uns Engländer, weil man in England, wenn man nichts kann, Torwart wird oder zur Armee geht, beneiden Engländer aber gleichzeitig insgeheim für ihre popkulturelle Relevanz und denken wehmütig an Zeiten zurück, als man noch Witze übers Essen machen konnte. Und wir Franzosen nehmen weder uns Engländer noch uns Deutsche ernst, während wir eine Nationalhymne singen, die den Tatbestand der Volksverhetzung erfüllt, und sind als Volk nationalistischer als jeder NPD-Ortsverein. All das vereint sich in mir zu einer Melange des kulturellen Chaos. Schon kurios, dass man allen Ernstes von mir erwartet, mit mir selbst klarzukommen. Wenn man heute von Multikulti spricht und damit türkische Gastarbeiterkinder meint, muss ich schmunzeln. Was soll ich denn sagen?

Im ersten Schuljahr prügelten sich die Türken und die Kurden. Im zweiten Schuljahr wechselte der Afghane die Schule, weil die russischen Kinder zu Hause Geschichtsunterricht erhielten. Und im dritten Schuljahr war ich dann dran. Die Araber prügelten mich, und die türkischen und russischen Kinder machten aus Solidarität mit. Multikulti-Klassenkeile.

Aua, sagte ich, warum man das tue.

Weil ich ein Scheiß Jude sei, erklärten sie.

Das mache keinen Sinn, erwiderte ich, ich sei doch gar kein Jude.

Ach ja, konterten sie, und warum ich dann beschnitten sei.

Scheiß Schwimmunterricht, dachte ich.

Das habe medizinische Gründe, rief ich.

Nur Juden seien beschnitten, das habe sein Vater gesagt, erklärte Mahmud.

Außerdem habe ich einen jüdischen Vornamen, fügte Özgür solidarisch hinzu.

Zwei jüdische Vornamen, sagte der zuschauende Andreas Baumann, der zweite sei die männliche Form von Sarah, das habe ich ihm mal erzählt.

Scheiß Erzählen, dachte ich.

Aua, rief ich. Und dann versuchte ich, ihnen meinen Stammbaum im Detail zu erklären. Sie runzelten die Stirn.

Meine Mutter sei also Deutsche, fragten sie.

Ja, sagte ich.

Scheiß Kartoffel, riefen sie, und prügelten weiter. Es war nicht einfach, zwischen den Stühlen zu sitzen, wenn man sich eigentlich gar nicht hinsetzen wollte.

Unterm Strich, am Ende jeder Klassenkeile, hatten viele in unserer Klasse eines gemein, etwas, das wir fühlten, mit dem wir aufgewachsen waren, das für uns so schöne wie auch verwirrende Realität war, das uns aber die deutsche Sprache nicht bot und viele Deutsche bis heute nicht akzeptieren möchten: die Mehrzahl von Heimat.

Gestatten: Tommy Kraut, Froschfresser.

GV

Von einem Tag zum anderen beschloss die Vorstandsgruppe, dass ich nicht mehr bei der SV mitmachen dürfe, da ich Imken wehgetan habe und sowieso zuviele Fragen stelle. Zu allem Überfluss gab meine Mutter meinen Bundeswehrparka in die Altkleidersammlung und kaufte mir bei C&A eine »vernünftige Winterjacke«. Die Waffen wurden eingemottet. Gewalt war irgendwie doch keine Lösung. Das *Kommando Wolfgang Grams* löste sich mangels Masse auf. Ich war im linken Spießbürgertum angekommen. Es fanden Interessenverlagerungen statt. Benny beschäftigte sich mit Hip-Hop, Röchel-Chris und ich spielten Nintendo oder gingen zu Spielen von Arminia Bielefeld, und mit den Baumann-Geschwistern jagten wir auf den Bolzplätzen der Stadt dem Leder nach. Außerdem hatte ich mit einem Problem namens Marcel zu kämpfen. Er war sitzengeblieben, entsprechend unzufrieden und missgelaunt. Und er sah in mir ein Ventil für seine Aggression. Schon am zweiten Tag merkte ich, dass es offenbar seine Masche war, mich in den Schwitzkasten zu nehmen und einmal quer durch den Klassenraum zu zerren. Am dritten Tag merkte er wiederum, dass er mich noch einfacher an meinen Locken durch die Gegend ziehen konnte. Am vierten Tag beschwerte ich mich dann doch mal. Ich solle dem Neuen den Einstieg nicht so schwer machen, bekam ich zu hören. Und Marcel bekam es mit. Und ich seine Rache ab.

Das Schuljahr zog ins Land. Und ich Tag für Tag den Kürzeren gegen Marcel. Meine einzige Hoffnung: dass er wieder sitzenbleiben und durchgereicht würde. Er blieb aber nicht sitzen. Er blieb. Aber dafür kam andere, unerwartete Hilfe. Ich wuchs. Und als ich dann größer war als er, hörten die Drangsalierungen auf. Und nicht nur die.

Auch Mädchen hörten auf. Offenbar hatte die Phase der sieben dürren Jahre begonnen. Zwar hatte ich weiter rudimentären Kontakt zu Mädchen, aber ich war, was Romantik betraf, nicht mehr in der engeren Auswahl des schönen Geschlechts. Einzig meine beste Freundin Beate blieb mir als regelmäßige Ration an weiblicher Gesellschaft.

Ich hatte Beate an der Musik- und Kunstschule kennengelernt, als wir zufällig gemeinsam vor einem Raum warteten. Sie schaute mich an, runzelte die Stirn und fragte dann unverblümt, ob ich der von dieser Squaredance-Kelly-Family-Geschichte sei. Was ich natürlich seufzend hatte bejahen müssen. Sie guckte mich an, lächelte und sagte nur ein Wort: cool. Ich mochte sie auf Anhieb. Und natürlich war ich in sie verliebt. Schließlich wurden Mädchen erst dann zur besten Freundin, wenn die bevorzugte beziehungstechnische Option – feste Freundin – an Sätzen wie »Ich mag dich, sehr sogar, wirklich, du bist der tollste Mann, den ich kenne, aber ich empfinde einfach nicht *so*« oder »Das würde doch alles kaputtmachen, was wir haben, und ich möchte doch einen guten Freund wie dich nicht verlieren« zerschellt war wie einst die *Challenger*. Beate war die Liebe meines Lebens, aber auch sie reihte sich alsbald in die lange Reihe bester Freundinnen ein.

Wir hatten *Before Sunrise* geguckt, genauer gesagt, hatte sie *Before Sunrise* geguckt und ich sie an, und am Ende weinte sie, und ich gab ihr ein Taschentuch, und sie drehte sich mit ihren verheulten Augen zu mir um und hatte nie schöner ausgesehen, und ich weiß noch, dass ich dachte, dass ich vielleicht in der letzten Toilettenpause doch noch mal auf meinen Spickzettel mit den besten Liebesbekenntnissen aus 100 Jahren Filmgeschichte hätte gucken sollen, verdammt, jetzt war's zu spät, also hinein ins Getümmel, oh mein Gott, mein Kreislauf.

Schnitt.
Lange Zeit war alles Schwarz und
Nichts und Filmriss.

Als die Erinnerung wieder einsetzt, war ich ihr bester Freund. Und ich wusste genau, wie sich die Jungfrau gefühlt hatte, als ihr das Kind aus dem Schoße fiel. Aber es gab einen Lichtblick: Der beste Freund zu sein, brachte es mit sich, Zeit mit der besten Freundin zu verbringen, und da man ja bis zur nächsten Liebe seines Lebens die Hoffnung nie ganz aufgab, nahm man die Verantwortung an.

Eines Abends beschlossen Beate und ich, uns mit einer Flasche Wodka auf ein Rondell der Sparrenburg zu setzen und zu philosophieren. Philosophieren, das taten wir damals viel und lösten auf diese Art und Weise an einem Nachmittag schon mal gern das eine oder andere Problem dieser Welt in der Theorie. Jetzt allerdings sollte die Zutat Wodka dazukommen; Absinth war zu gefährlich, hingen wir doch an unseren Ohren, und Whiskey hatten wir probiert, er schmeckte uns nicht. Es sollte also Wodka sein. Kein leichtes Unterfangen, wenn man Teenager ist und die Eltern keine griffbereiten Spirituosen im Schrank stehen haben. Mit zitternden Knien standen wir deshalb am frühen Abend in der Tankstelle, versuchten so selbstverständlich und selbstbewusst wie möglich nach der nächstbesten Wodkaflasche zu greifen und flanierten so erwachsen wie möglich in Richtung Kasse. Der Pächter musterte uns argwöhnisch. Ich blickte so unverbindlich wie möglich zurück. Zu der Zeit ließ ich mir gerade meine ersten Koteletten stehen, in die ich – nein, wir – unsere ganzen Hoffnungen setzten. Und die Koteletten obsiegten! Erst knapp fünfhundert Meter hinter der Tankstelle wagten wir zu frohlocken. Die Tanke hatte uns Pubertierenden tatsächlich harten Alkohol verkauft. Kurze Zeit später saßen wir im Schneidersitz auf einem Rondell der Sparrenburg und, ja, wir philosophierten, und, ja, wir lösten viele Probleme dieser Welt, und, ja, der Wodka schmeckte widerwärtig, aber das ließen wir uns nicht anmerken. Die Flasche leerte und leerte sich, und leerte sich noch ein bisschen mehr.

Schnitt.
Lange Zeit war alles Schwarz und
Nichts und Filmriss.

Dann öffnete ich die Augen und merkte, dass Beate und ich knutschten. Diese neue, brisante, völlig unerwartete Information konnte mein Hirn hinsichtlich einer Alternativhandlung nicht bearbeiten, also knutschte ich sie weiter. Beates Hirn konnte es wohl noch weniger, denn in dem Augenblick drehte sie sich zur Seite und übergab sich. Ich konnte mich nicht ganz des Eindrucks erwehren, dass sie auch schon vorher gebrochen hatte. Aber das war in diesem Augenblick zweitrangig. Auf allen vieren kroch ich über die leere Wodkaflasche zur kotzenden Beate und rief verzweifelt: »Beate, Beate, geht's dir gut?« Beate ging's nicht gut und sie übergab sich weiter. Ich tat es ihr gleich.

Schnitt.
Lange Zeit war wieder alles Schwarz und
Nichts und Filmriss.

Meine nächste Erinnerung ist, wie wir zu zweit den Sparrenberg Richtung Kreuzstraße runtertorkeln, ich Beate mehr tragend als sie selbst laufend, und dann mehr oder weniger zufällig in ein wartendes Taxi plumpsten. Auf dem Weg zu ihr öffnete ich in regelmäßigen Abständen die Autotür und hielt ihren Kopf raus. Ihre Mutter erwartete uns bereits sorgenvoll zu Hause. Beate wurde von der großen Schwester grundversorgt und ihre Mutter fragte mich, ob *etwas* passiert sei.

Nicht dass ich wüsste, gab ich zu Protokoll. Und hoffte, dass ich recht hatte. Wenn schon *etwas* passiert wäre, hätte man *etwas* auch gern erlebt.

Gut, sagte sie, sie habe sich bloß gefragt, warum ich die Klamotten ihrer Tochter anhabe und umgekehrt.

Das war für längere Zeit das Nonplusultra an sexueller Spannung gewesen. Eine mathematische Gleichung bewahrheitete sich immer mehr: Je stärker ich mich für Mädchen interessierte, desto weniger beachteten sie mich. Ich war in einem Raum-Zeit-Kontinuum gefangen, wie Matthias Baumann treffend bemerkte, der dieses Schicksal im Übrigen mit mir teilte. Ausgerechnet Röchel-Chris verliebte sich in dieser Zeit erfolgreich, und selbst der Umstand, dass seine Angebetete das Klassen-Mauerblümchen war, änderte nichts an der Tatsache, dass er ein Mädchen hatte und wir bloß feuchte Träume. Von einem Moment zum anderen war Röchel-Chris der Coole in der Clique, hatte Kontaktlinsen und »Verabredungen«, weshalb wir nicht mehr so regelmäßig Nintendo spielten. Und er sah jetzt verdammt gut aus. Wenn man mit jemandem viel Zeit verbringt, fallen einem allmähliche Veränderungen nicht auf. Aber als wir nach dem Schwimmunterricht in der Dusche einander gegenüberstanden, blieb es selbst mir nicht länger verborgen: Sein Körper hatte sich symmetrisch ausgependelt, der Babyspeck, den er bis weit in die ersten Teenagerjahre mit sich herumgeschleppt hatte, war auf Nimmerwiedersehen verschwunden, und seine blonden Haare fielen jetzt in einem Winkel in sein mittlerweile recht hübsches Gesicht, der Mädchenherzen höherschlagen ließ. Ja: Röchel-Chris war nicht nur plus minus null aus der Pubertät herausgekommen, er hatte eindeutig profitiert. Niemand nannte ihn mehr Röchel-Chris. Christian war endgültig angekommen.

Und ich? Der Siedlertreck hatte beschlossen, den Wilden Westen Karl May zu überlassen und umzudrehen. Ich wurde das Gefühl nicht los, die Evolution rückwärts am eigenen Leibe zu erleben. Ich hatte eine Zahnspange, Oberlippenflaum, Klamotten, die meine Mutter aus dem Quelle-Katalog aussuchte, und sah generell aus wie ein Schluck Wasser in der Kurve. Der gescheiterte Plan, den Friseur aus meinem Lockenwildwuchs eine asymmetrische Popper-Frisur à la Tocotronic und Christian formen zu lassen, tat sein Übriges. Nachdem ich dann versucht hatte, dem Problem mit dem Glätteisen beizukommen, wurde das Problem auf 3 mm reduziert. Erst jetzt bemerkte ich (und alle anderen), welch kuriose Form mein Kopf hatte. Und dabei war man kurz vorher doch noch *süß* gewesen. Ich war mit dieser ganzen Entwicklung sehr überfordert. Mein Körper ging mit Siebenmeilenstiefeln voran, drängte danach, endlich erwachsen zu werden, und ich kam nicht so recht hinterher. Das Fleisch war willig, doch mein Geist war schwach.

Drei Kindheitsvorstellungen, die von der Wirklichkeit eingeholt und revidiert wurden:

1. Das bloße Liegen in einem Bett mit einer Frau reicht aus, um sie zu schwängern
2. Babys werden durch den Bauchnabel geboren
3. Unter meinem Bett wohnen Monster

Während ich bei Punkt 3 bis heute nicht hundertprozentig sicher bin und deshalb bis heute nicht in einem Bett, sondern auf einer Matratze auf dem blanken Fußboden schlafe, leistete die Aufklärung meiner Eltern und der BRAVO in den Punkten 1 und 2 ganze Arbeit. Bloß ergab sich keine Gelegenheit, das erworbene Wissen einzusetzen. Als der Bio-Lehrer in der neunten Klasse fragte, wer von uns denn schon in irgendeiner Art und Weise sexuell aktiv gewesen sei, also alles, was von Petting bis echtem Verkehr reiche, gingen alle Finger hoch. Außer meinem. Ich spürte die mitleidigen Blicke der gesamten Klasse. Von diesem Tag an war ich technisch als Jungfrau gebrandmarkt. Erst zu Hause fiel mir ein, dass ich ja auch einfach hätte lügen können, so wie ein Großteil der Klasse es vermutlich getan hatte. Warum in drei Teufels Namen hatte ich ausgerechnet in dem Augenblick damit angefangen, in der Schule ehrlich zu sein? Ich schrieb doch sonst auch meine Hausaufgaben ab und betrog bei Klassenarbeiten, warum hatte ich nicht wie die meisten gelogen und aufgezeigt? Als Theo mir eines Morgens seinen Finger unter die Nase gehalten und »Riech mal, Susanne« gesagt hatte, wäre es doch genauso gut möglich gewesen, dass er sich vorher in die eigene Unterhose gefasst hatte. Es logen doch alle. Ich hätte mir die furchtbarsten fünf Minuten meines Lebens erspart, als der Lehrer zu retten versuchte, was längst schon bei allen unten durch war, und mich tröstete und allen erzählte, dass es überhaupt nicht schlimm sei, in der neunten Klasse noch nie mit einem Partner intim gewesen zu sein, und was die anderen betreffe, da hoffe er doch sehr, dass wir aus einschlägiger Teenie-Literatur über Kondome Bescheid wüssten.

Ich glaubte nicht wirklich, dass ich realistisch betrachtet jemals eine Chance auf Sex hatte, der über die Unterwäscheseiten im Versandhauskatalog hinausging. Ich war mir absolut sicher, dass sämtliche Jungs in meinem Freundeskreis eher in die Genüsse sexueller Freuden kommen würden als ich. Ich hatte mich schon lange mit der Rolle des *Comic Relief* abgefunden, desjenigen, der dafür bekannt war, immer einen lockeren Spruch auf den Lippen zu haben, Sprüche, über die die anderen lachten, nachdem sie Sex miteinander gehabt hatten. Ich empfand die Vorstellung Sex in Zusammenhang mit meiner Person als dermaßen irreal, dass ich, stellte ich mir Sex zwecks Masturbation vor, mir Sex vorstellte, an dem ich nicht beteiligt war. Ich fand es so unwahrscheinlich, dass ich mir nicht nur ein Mädchen beim Sex ohne mich vorstellte, ich stellte mir ein Mädchen beim Sex mit Theo vor, der hatte jeden Tag eine andere, zumindest erzählte er das. Dass der Sex hatte, das fand ich realistisch. Sexuell war ich auf mich allein gestellt wie Steiner 1977 im Kino.

Und die Onanie war mir ja auch quasi in die Wiege gelegt worden. Das Label *selbstgemacht* hatte bei uns zu Hause einen höheren Stellenwert als *Made in Germany*. Alles wurde in unserer Familie *selbstgemacht*: der Jeans-Anzug zur Einschulung, die Erdbeermarmelade, der Joghurt, die Spielsachen. Da war Selbstbefriedigung dann auch nur die Fortsetzung einer vertrauten Tradition. Herzlich willkommen, *Neue Revue* und *Super Illu*!

Matthias Baumann, seine Brüder und ich teilten uns einschlägige Literatur. Immer, wenn eine neue Ausgabe erschien, drucksten wir eine halbe Stunde lang vor der Tankstelle herum, bis ich endlich den Mut fand, hineinzugehen und nach den Magazinen zu fragen. Ich wurde geschickt, weil ich als Erster eine dunkle Stelle unter der Nase hatte, die man euphemistisch Schnurrbart nennen konnte. Dazu hatte ich bereits kotelettenähnliche Streifen an der Wange und trug zu diesem Anlass eine Krawatte, die ich meinem Vater aus dem Kleiderschrank geklaut hatte. Und es klappte hervorragend. Wir verpassten keine Ausgabe.

Das waren im Wesentlichen unsere ersten sexuellen Erfahrungen. Softpornomagazine mit weichgezeichneten Bildern. Christian hatte uns immerhin voraus, dass er schon mal einen echten Porno gesehen hatte, weshalb wir ihn aber weniger beneideten als vielmehr bemitleideten. Er hatte mal seine Eltern beim GV erwischt. Nach seinen Impressionen gefragt, antwortete er, dass das Schauspiel die Anmutung eines implodierenden Termitenhügels gehabt habe und er die Bilder bis heute nicht aus seinem Kopf bekomme, was ganz besonders bitter gewesen war, als er bei der Trauerfeier für seine Mutter ein paar Worte sagen wollte und ebenjene Nacht jede andere Erinnerung verdrängte. Ab dem Zeitpunkt verstand ich das Konzept Röchel-Chris viel besser.

Überall um mich herum spielten die Hormone verrückt. Die Sexualität einer ganzen Schule erwachte. Und trieb zuweilen seltsame Blüten. Als wir das Tagebuch der Anne Frank durchnahmen, sah ich aus dem Augenwinkel, wie Theo den Umschlag und ihr Porträt ausgiebig und – wie es schien – kritisch begutachtete.

Also, die Anne Frank, sagte Theo mitten in die Stille hinein, die Anne Frank hätte er wohl auch mal gebumst gehabt haben wollen. Also, damals.

Für eine kurze Zeit hätte man eine Stecknadel fallen hören. In der Tat hörten wir etwas fallen. Die Lesebrille unserer Lehrerin war ihr von der Nase auf den Tisch gerutscht. Mit offenen Mündern starrte die gesamte Klasse Theo an. Benny fand als Erster seine Worte wieder.

Ey, sagte er und klopfte mit dem Zeigefinger an seine Stirn, Ey, ob er, Theo, bekloppt sei, er könne doch nicht die Anne Frank mal gebumst gehabt haben wollen, damals.

Wieso nicht, fragte Theo.

Mensch, weil sie Jüdin gewesen sei, sagte Benny.

Hä, fragte Theo, ob man Juden nicht bumsen dürfe.

Vielleicht dürften sie aus religiösen Gründen nicht, spekulierte Marcel ins Blaue hinein.

Ja, das könne sein, rief Christine, sie seien ja beschnitten.

Das Gespräch nahm einen Verlauf, der mir nicht gefiel.

Das werfe ein neues Licht auf die Angelegenheit, sinnierte Matthias Baumann, vielleicht sei es weniger eine Frage des Dürfens als des Könnens.

Gute Frage, sekundierte Benny, vielleicht könne man keinen Sex haben, wenn man beschnitten sei.

Gute Frage, murmelte die halbe Klasse.

Mich könne man fragen, sagte Matthias Baumann und zeigte auf mich, ich sei ja auch beschnitten.

Und ich habe ja bekanntermaßen auch keinen Sex, sagte Christian.

Und zack! war man Teil einer Diskussion, der man sich bis zu diesem Zeitpunkt erfolgreich entzogen hatte.

Aber, überlegte plötzlich Christians Freundin, das mache keinen Sinn, Anne Frank sei eine Frau gewesen.

Was das denn jetzt heißen solle, fragte Imken, die Christians voltigierende Freundin ätzend fand, im Sinne der Gleichberechtigung sei die Frage gendermäßig schwierig formuliert gewesen, und überhaupt, fuhr sie eifernd fort, habe sie eine hervorragende Gelegenheit zunichte gemacht, auf die Beschneidung von Frauen aufmerksam zu machen.

Die Stimmung kippte. Es drohten Tumulte. Ein Teil der Klasse stritt sich darum, ob man mit einer beschnittenen Vorhaut als geschlechtsreif einzuschätzen sei, ein anderer bemängelte die schlechte Qualität des Bildes, was ein abschließendes Urteil verhindere, und Gesa forderte mindestens einen Tadel für Theo, wenn nicht gar einen Verweis.

Unsere Lehrerin, die kurz das Bewusstsein verloren hatte und begriff, dass ihr der Unterricht zu entgleiten drohte, räusperte sich vernehmlich und erklärte diplomatisch, auch wenn im Unterricht und allgemein bei der Lektüre dieses Buches ein anderer thematischer

Schwerpunkt gesetzt werde, wäre Anne Frank sicherlich sehr glücklich darüber gewesen, dass Altersgenossen sie attraktiv fanden, schließlich war sie ja auch nur ein Teenager mit allen damit einhergehenden Gefühlen und Wünschen gewesen. Mit dieser Antwort zufrieden widmeten wir uns im Einklang mit dem Lehrplan wieder dem Buch.

Nicht nur in sexueller Hinsicht war die Sekundarstufe II ein Reinfall. Die Realität biss mich. Ich hatte dem Terrorismus entsagt und suchte händeringend nach einer neuen Bezugsgruppe. Und die Auswahl war nicht besonders ergiebig. Etwas mit Sport fiel schon mal flach. Mein Sportlehrer hatte mir zwar in der achten Klasse den Spitznamen »Klinsmann« verpasst, aber auch nur, weil ich in seiner ersten Stunde ein Deutschlandtrikot trug und seine erste Wahl, Andreas Möller, rigoros abgelehnt hatte. Ab dem Tag hieß ich für ihn nur noch Klinsmann. Klinsmann, gib den Ball ab, Klinsmann, schneller, Klinsmann, du darfst das Tor ruhig auch mal treffen. Meinen echten Namen kannte er irgendwann gar nicht mehr. Als meine Mutter am Elternsprechtag bei ihm vorstellig wurde, behauptete er, keinen Schüler meines Namens in der Klasse zu haben. Nachdem meine Mutter mich auf einem Klassenfoto ausfindig gemacht hatte, rief er erleuchtet, ah, Klinsmann, und fand neben dem entsprechenden Eintrag auch meine Benotung.

Dieser Spitzname war nicht nur gegenüber Curly Sue eine Steigerung. In der siebten Klasse nahm ich wie alle anderen an den Bundesjugendspielen teil. Dummerweise hatte ich mein Obst und mein isotonisches Getränk zu Hause vergessen. Meine Mutter, besorgt um meine Fitness, trug es mir hinterher. Es fiel ihr schwer, mich inmitten hunderter Schüler sofort ausfindig zu machen, aber dann erspähte sie mich doch und winkte und rief erleichtert »Hallo Mäuschen«. Sie meinte es nicht böse. Meine Klassenkameraden schon.

Nein, da war der Spitzname Klinsmann schon viel besser. Aber er konnte nicht darüber hinwegtäuschen, dass ich sportlich nicht mal annähernd Mittelmaß bot. Deshalb kam nur noch eine Gruppe für mich in Frage: die Informatik AG. Ich war wieder dort angekommen, wo ich in der ersten Klasse angefangen hatte: am Ende der Nahrungskette. Der Kreis schloss sich.

Es geschahen mehrere Dinge. David Mohato Bereng Seeiso wurde König Letsie III. von Lesotho und hatte damit zwar immerhin einen besseren Künstlernamen als Ricky King oder Engelbert Humperdinck, zog aber gegenüber seinem Vater, König Moshoeshoe II., dennoch den Kürzeren. Ich sah Sybille in der Straßenbahn wieder und vollführte in einem völlig dilettantischen Vertuschungsversuch an Beate, die ich gerade freundschaftlich im Arm gehalten hatte, panisch den Heimlich-Handgriff, was Beate nach einer kurzen Ohnmacht mit verständlichem Zorn quittierte und der überdies völlig überflüssig gewesen war, da Sybille mich weder erkannte noch ihrerseits den großen muskulösen Typen mit der umgedrehten Baseballmütze an ihrer Seite losließ. Und mein wohlmeinender Klassenlehrer riet mir, das Gymnasium nach der Zehnten zu schmeißen und eine Ausbildung zu machen, damit doch noch etwas aus mir werden könne. Was auch immer.

Es musste sich was ändern. Dringend. Das sah ich ein. Das Gefühl, in einer Sackgasse zu stecken, verstärkte sich immer mehr. Ich hatte keine Ahnung, was ich eigentlich vom Leben wollte. Gut, Frauen, klar, aber, und da war ich mir einig, das Wollen sollte auf Gegenseitigkeit beruhen. Und mein Lehrer hatte mir unmissverständlich klargemacht, dass ich mit meiner Einstellung zur Schule vom Abitur dieselbe Reaktion wie von Mädels zu erwarten hatte. Mir blieben nicht viele Alternativen. Die Kalaschnikow-Replika hing ja schon längst im Waffenschrank der Geschichte. Ein neues Jahrtausend wartete um die Ecke auf uns, und wer wusste schon, was es für uns bereithielt. Christian genoss seine Erfolge bei Frauen. Matthias Baumann redete immer wirreres Zeug und deutete an, unter die Anthroposophen gehen zu wollen. Mein Bruder würde im nächsten Jahr auf meine Schule wechseln. Benny sollte zu seinem Vater nach Amerika ziehen. Andreas Baumann strebte eine Polizistenlaufbahn an. Und Wayne ...

Tja. Wayne.

DAS MÄDCHEN, DAS ALLES VERÄNDERTE

Wir hatten uns versprochen, immer Freunde zu bleiben, damals in dem Sommer, als wir die Rakete bauten. Nichts, auch nicht Stieghorst, sollte uns davon abhalten, immer füreinander da zu sein, niemals den anderen zu vergessen. Zwei Tage vor dem Start der Rakete waren wir sogar Blutsbrüder geworden. Und wir wollten alles dafür tun, dass wir diesem heiligen Bund gerecht wurden.

Am Anfang klappte das auch hervorragend. Nach unserem ersten Tag an der weiterführenden Schule trafen wir uns wie jeden Nachmittag, hörten Musik und erzählten einander aufgeregt vom Erlebten. Doch mit jedem Tag überwältigte einen das neue Leben mehr und mehr, verlangte einem immer mehr ab, sodass die Treffen weniger wurden, das Spielen in den Hintergrund trat. Aber wir vergaßen einander nicht. Und wenn dann endlich Samstag war, dann war alles andere null und nichtig, Bielefeld-Sieker unser riesiger Abenteuerspielplatz und alles wie früher. Es ging lange Zeit gut.

Und dann lernte ich im Freibad ein richtig süßes Mädchen kennen, ich fand sie sympathisch, sie mich auch, was ich besonders bemerkenswert fand, da sie mich augenscheinlich mochte, obwohl sie mich mit nackter Hühnerbrust kennengelernt hatte. Ich wertete das als gutes Omen, und wir gingen bald miteinander.

Die Sache hatte nur einen Haken: Wayne kannte sie auch, und nicht nur das, er war einst hoffnungslos in sie verliebt gewesen. Sie waren nie zusammengewesen, aber er hatte ihr lange hinterhergeschwärmt, sie war sein Ein und Alles gewesen, und er hegte immer noch reichlich Gefühle für sie. Und ich hatte das gewusst. Es war nicht unbedingt so, dass es mir egal war. Ich wusste, dass es ihn schmerzen würde, wenn er es herausfände. Aber ich ließ mich trotzdem darauf ein. Und ich hätte es immer wieder getan. Ich hätte immer wieder unsere Freundschaft auf dem Altar der freien Marktwirtschaft geopfert, so sehr es mir auch widerstrebte, dass große Rehaugen und ein Schmollmund offenbar ausreichten, um sämtliche Prinzipien über Bord zu werfen.

Schon öfter hatte ich mich gefragt, wie ein implodierendes Gesicht wohl aussähe. Ich fand es heraus, als ich es Wayne erzählte. Obwohl die Sache längst wieder vorbei war, es nie was richtig Ernstes gewesen war und es im wesentlichen bei einem bisschen Herumgeknutsche und Kinobesuchen geblieben war, hatte ich mit allem gerechnet: dass er sauer wäre, dass er mich verprügeln würde, dass er mir im Affekt die Freundschaft aufkündigen würde. Aber nichts dergleichen geschah. Er schaute mich mit den traurigsten Augen der Welt an. Etwas war gerade kaputtgegangen und ich konnte es körperlich spüren. Dann zuckte er mit den Achseln und spielte weiter *Mortal Kombat*. Ob alles ok sei, fragte ich ihn. Ja, sagte er gleichgültig. Wirklich, fragte ich misstrauisch. Ja, sagte er. Aber es war nichts ok. Das Schlimmste, was einer Freundschaft passieren konnte, war eingetreten: Waynes Unterbewusstsein hatte die Schutzfunktion aktiviert und in den Gleichgültigkeitsmodus geschaltet. Zuerst passierte gar nichts. Es ging alles weiter wie bisher. Aber bald ließ es sich nicht mehr verleugnen: Wayne wandte sich von mir ab. Immer öfter hatte er keine Zeit, immer mehr Zeit verbrachte er mit seinen neuen Freunden aus Stieghorst, und als er mit seiner Familie nach England zurückzog, erfuhr ich es von Christian. Ich schickte ihm einen Brief, ich schickte ihm einen zweiten, und dann ließ ich es bleiben. Wozu, wenn er nicht will. Und außerdem, redete ich mir mein eigenes Weltbild zurecht, außerdem waren sie doch nie miteinander gegangen. Ich schickte keinen weiteren Brief. Wir waren mal Blutsbrüder gewesen. Und ich sparte an Tinte.

Immer wieder dachte man an ihn, wenn man in Fotoalben blätterte oder einem im Supermarkt an der Kasse eine Packung Roth-Händle ins Auge fiel. Und man blickt in den Spiegel, schaut sich selbst tief in die Augen und fragt, sag mal, weißt du eigentlich noch, und du blickst zurück und willst nichts wissen, es ist nicht so, dass es dir egal war, aber du hättest es wieder getan, für sie, du hättest dich wieder genauso entschieden, mit allen Konsequenzen, und genau das macht dir solch eine verdammte Angst, macht dich so wütend, dass du den Mantel des Selbstbetrugs über den Spiegel hängst.

Die Zeit vergeht. Und dann siehst du ihn wieder, zufällig, vor einer Disko, und er sieht dich, und für einen kurzen Moment flackert der Zorn der längst vergangenen Jugend auf, bevor dieser durch ein unaufhaltsam im Mundwinkel entstehendes Lächeln verdrängt wird, ihr fallt euch in die Arme, er guckt dich gespielt vorwurfsvoll an, Arschloch, sagt er, und du sagst gar nichts, weil damit alles gesagt ist.

Und ihr geht ein Bierchen trinken und er erzählt dir, wie er wieder nach Bielefeld zurückzog, als er achtzehn war, dass er sich drüben nie heimisch gefühlt hat, dass hier in Deutschland seine Heimat sei und, hey, dass es verdammt schön sei, dich wiederzusehen, und dass du dich gar nicht verändert habest, und überhaupt, was man so getrieben habe die ganzen Jahre.

Wie früher, denkst du, es ist ganz wie früher, dabei könnten früher und heute nicht weiter auseinanderliegen, wenn sie zwei verschiedene Sonnensysteme wären, und immer lauter soufliert dir dein Unterbewusstsein, dass dies ein neues, ein ganz anderes Leben ist, akzeptiere es endlich, aber du scheißt auf das Drehbuch und improvisierst und versuchst zu retten, was hoffnungslos und mit Recht im Setzkasten der Erinnerung verstaubt, spiel's noch einmal wie gestern, hoffst du, als sei gestern bloß gefroren und nicht längst in Formaldehyd eingelegt, und du hoffst auf Tauwetter, nur noch einmal dieses Gefühl wie gestern, weißt du noch?

Weißt du noch dies, fragst du, weißt du noch das, fragt er, weißt du noch jenes, fragt ihr beide, und natürlich wisst ihr es noch, aber es macht keinen Unterschied. Er und du, ihr seid die anderen, die neuen, die, die ihr nie werden wolltet. Und als du abends vorm Spiegel stehst und die Retro-Armbanduhr abstreifst, die nur dich mehr schlecht als recht darüber hinwegtäuscht, dass du bald dreißig wirst, guckst du dir ganz tief in die Augen, schämst dich ein bisschen und fragst:

Weißt *du* denn noch?

MAMAS KAKAO NACH EINEM
SPIELNACHMITTAG IM REGEN.
BUTTERKUCHEN. ANDI BREHMES
ELFMETER. DER ERSTE SCHNURR-
BARTFLAUM. SELBSTGEPFLÜCKTE
ERDBEEREN. DIE ANGST, WENN
PAPA TROTZ ROTER FAHNE IM
MEER SCHWIMMEN GING UND
DIE ERLEICHTERUNG, WENN ER
ZURÜCK AM STRAND WAR.
AUGENFARBEN SAMMELN. DER
KASTANIENBAUM IM GARTEN
MEINES OPAS. MICHAEL DUDIKOFF
IN AMERICAN FIGHTER. DAS
MÄDCHEN IN SÜDFRANKREICH.
AHOI BRAUSEPULVER. AUF EINER
WIESE LIEGEN UND DIE FLUGBAHN
EINES JETS MIT DEN AUGEN
ÜBER DEN GESAMTEN HIMMEL

VERFOLGEN. MAMAS GUTENACHT-
GESCHICHTEN. DECKENBURGEN.
DIE DIREKT VERWANDTE
ECKE GEGEN ANDREAS BAUMANN.
DAS ERSTE MAL KINO. DIE BADE-
WANNE NACH EINEM NACH-
MITTAG IM REGEN AUF DEM
BOLZPLATZ. LIEBESBRIEFE. DAS
GEFÜHL, KEINE FÜßE ZU HABEN,
NACH DEM ERSTEN KUSS. HEIMLICH
BISCAYA VON JAMES LAST GUT
FINDEN. ALS PAPA MICH NACH
HAUSE TRUG, WEIL MIR NACH EINER
MISSGLÜCKTEN RUTSCHFAHRT DIE
LUFT WEGBLIEB. FAHRRADFAHREN.
DIE STADTBÜCHEREI. PFENNIG-
MÜNZEN AUF DIE BAHNGLEISE
LEGEN. NUDELN MIT BRAUNER
SOßE. WINONA RYDER. DER
WALD AM ENDE DER STRAßE.

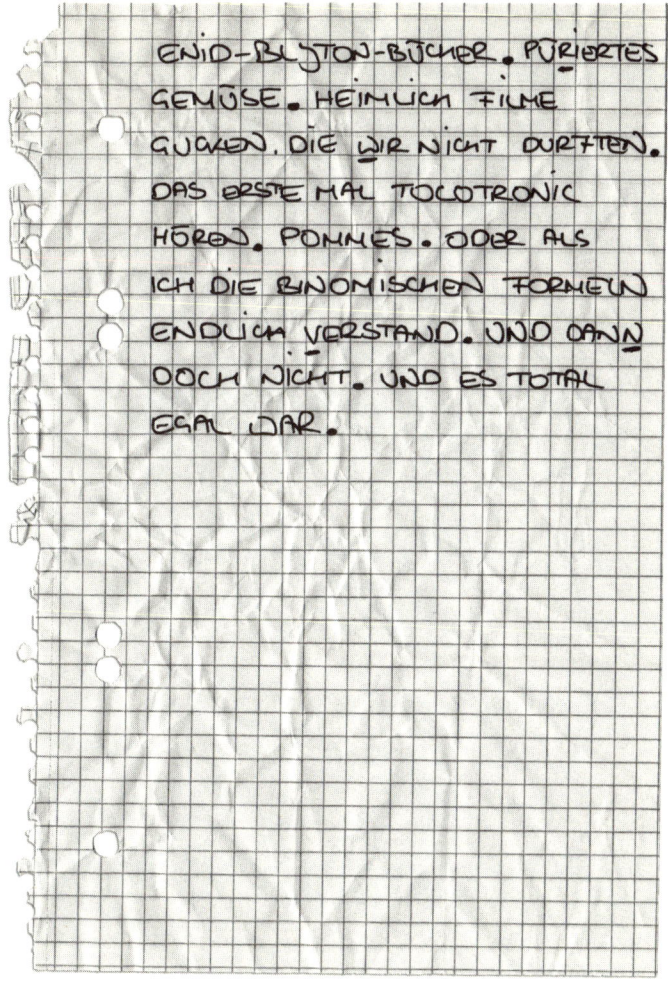

ENID-BLYTON-BÜCHER. PÜRIERTES
GEMÜSE. HEIMLICH FILME
GUCKEN. DIE WIR NICHT DURFTEN.
DAS ERSTE MAL TOCOTRONIC
HÖREN. POMMES. ODER ALS
ICH DIE BINOMISCHEN FORMELN
ENDLICH VERSTAND. UND DANN
DOCH NICHT. UND ES TOTAL
EGAL WAR.

Und dann, mittendrin im schönsten aller Leben, ein Moment, der
wehtat. Der lange wehtat.

SCHRITTE AUF DEM MOND

Schwarzpulver. Wir bräuchten viel Schwarzpulver, sagte Wayne.

Wieviel, fragten wir.

Soviel, wie man eben brauche, um bis zum Mond zu kommen, antwortete er.

Am Neujahrsmorgen zogen wir früh los und sammelten Böller samt ihrer Schwarzpulverrückstände. Wir sammelten den ganzen Tag, bis zum Abendessen. Soviel, wie man eben braucht, um bis zum Mond zu kommen.

Im Garten meiner Eltern hatten wir dort, wo früher der Sandkasten gestanden hatte, nach langer Planung mit der Konstruktion unserer Mondrakete begonnen. Zwei Wochen dauerte der Bau. Wir hatten einen strikten Zeitplan. Eine Woche vor unserer Abfahrt in den Sommerurlaub nach Südfrankreich sollte die Rakete gen Mond starten. Mit uns an Bord.

Der Bau verlangte uns alles ab. Die Öltonnen mussten ins Tal geschafft werden, es musste immer jemand Wache stehen, falls der böse Hausmeister vorbeikäme, und die elenden Hausaufgaben taten ihr Übriges, um uns immer wieder aufzuhalten. Zudem arbeiteten wir in zwei Teams. Da Matthias Baumann, unser Ingenieur, der Ansicht war, dass ein Test unabdingbar sei, bevor wir Menschen ins Weltall schicken konnten, bauten wir eine kleine Miniaturversion unserer Rakete. Doch der Testlauf ging komplett in die Hose.

Was in drei Teufels Namen mit Parker Lewis passiert sei, fragte die Mutter der Baumann-Geschwister, als sie mit einer in Mull eingewickelten, von lauter Sedativen ganz benommenen Katze vom Tierarzt nach Hause gekommen war.

Nichts, sagten wir.

Nichts, kreischte sie, nichts, ob das unser Ernst sei, da drehe man sich einen Moment um, und schon sei die Katze schwer verletzt.

Dann setzte sich Frau Baumann hin.

Der Arzt sagte, sie habe Verbrennungen dritten Grades erlitten, sagte die Mutter, als sie sich beruhigt hatte, woher das komme.

Man habe eine Testrakete gebaut, sagten wir.

Und, hakte die Mutter der Baumann-Geschwister nach.

Die Testrakete sei zu klein für Menschen gewesen, erklärten wir, und Parker Lewis habe geschlafen und sei griffbereit gewesen.

Und, ließ sie nicht locker.

Der Testlauf habe nicht geklappt, gaben wir kleinlaut zu. Die Rakete habe nicht abgehoben.

Parker Lewis schon, fügte Matthias Baumann bei.

Halt die Fresse, zischten wir.

Das erkläre aber nicht, seufzte die Mutter, die das dringende Bedürfnis verspürte zu schlafen, dass die Katze nicht nur Verbrennungen, sondern vor allem Erfrierungen erlitten habe.

Man habe versucht, die Katze zu löschen, erzählten wir. Andreas sei in den Keller gelaufen und habe den Feuerlöscher geholt.

Wir seien doch wahnsinnig, kreischte Frau Baumann erneut und warf beim Aufstehen den Stuhl um, das sei ein CO_2-Löscher, der sorge doch für Erfrierungen, das wisse man doch.

Wir sagten nichts. Matthias, der kurz überlegt hatte, darauf hinzuweisen, dass nicht er das P.M.-Abo gekündigt habe, zog es vor zu schweigen.

Warum man die Katze nicht einfach gepackt und in den Teich geworfen habe, hakte sie noch einmal nach, als sie sich wieder halbwegs beruhigt und gesetzt hatte.

Man habe es versucht, berichteten wir, aber die Katze kratze.

Die Generalprobe war missglückt, was uns aber umsomehr überzeugte, dass wir mit dem Flug zum Mond Geschichte schreiben würden. Und dann war der große Tag endlich da.

In Hollywood-Blockbustern, bevorzugt mit Keanu Reeves, steht kurz vorm Showdown immer irgendeiner der Helden oder der Bösewichter im strömenden Regen und ruft Sachen wie, dass es heute Nacht ende.

Ich persönlich finde es beeindruckend, dass die Helden oder Bösewichter es immer derart genau vorhersagen können, dass es in jener Nacht statt beispielsweise in der folgenden endet. Es mag daran liegen, dass sie immer die exakte Menge Munition dabeihaben, um den Bösewicht zur Strecke zu bringen, oder exakt die Menge Energieriegel gegessen haben, dass die Kraft für denselben Akt reicht, ich weiß es nicht, aber ich habe noch nie vor einem entscheidenden Erlebnis in meinem Leben gewusst, dass es entscheidend oder gar ein Erlebnis würde. Außerdem hat es nie geregnet, wenn es dramatisch wurde. Im Gegenteil, ob es meine Beschneidung, mein erfolgreich absolviertes Fahrradfahrsicherheitstraining oder das Straßenfußballderby gegen die gefürchteten Sieker Killers war: Stets schien die Sonne.

So wie am Morgen des Starts. Ich hatte die halbe Nacht vor Aufregung wachgelegen, im Kopf die Reise zum Mond durchgespielt, ich konnte kaum glauben, dass es nach dieser langen Vorbereitungszeit endlich so weit sein sollte, und als ich zum gefühlt zwölften Mal in dieser Nacht mein Nachttischlicht einschaltete und nach einem Blick auf meine Flik-Flak-Uhr mit großer Freude feststellte, dass man jetzt ruhigen Gewissens aufstehen könnte, ohne von den Eltern gekreuzigt zu werden, die sich mal freuten auf einen Sonntag mit Ausschlafenkönnen, warf ich die Bettdecke zur Seite, fuhr das Rollo hoch und entdeckte nach zwei völlig verregneten ersten Sommerferienwochen einen strahlend blauen Himmel. Der perfekte Tag für den Start einer Mondrakete. Ich schloss die Augen und atmete tief ein. Und beschloss, dass es Zeit sei, das Zimmer zu lüften.

Nach einem Familienfrühstück, das mir unglaublich lang und zäh vorgekommen war, rannte ich unsere Straße hoch. Wir trafen uns im Forschungszentrum, der Gartenlaube der Baumanns. Wir hatten uns Raumfahreroveralls aus Pyjamas gebastelt. Und als wir die Straße zu unserem Garten hinuntergingen, wo sich die Startrampe und die Rakete befanden, hatten wir den entschlossenen Blick von Menschen in den Augen, die zum Mond fliegen werden. Ich hielt Vaters ausgedienten Motorradhelm unterm Arm, Andreas Baumann hatte seine Schwimmbrille aufgesetzt, Röchel-Chris hielt in der Linken sein Asthma-Spray, in der Rechten ein Walkie-Talkie, und Wayne hatte seine England-Fahne wie ein Cape umgewickelt. Ein paar Meter hinter uns trottete Matthias Baumann, unser Ingenieur. Er ging noch mal alle Berechnungen im Kopf durch und hoffte inständig, ließ er uns wissen, nichts vergessen zu haben. Wir ließen ihn unken. Wer sollte uns jetzt noch aufhalten können? Was sollte jetzt noch ernsthaft den Start unserer geliebten Rakete gefährden können, dachte ich rhetorisch, als ich in Wayne hineinrasselte, der stehengeblieben war.

Uff, sagte Wayne.

Meine Augen folgten seinem Blick. Dorthin, wo rohe Kräfte sinnlos gewaltet hatten. Die Rakete war weg. Allerdings nicht im Sinne von nicht mehr da; sie war in ihre Einzelteile zerlegt, manche schon in einer rostigen Schubkarre verstaut, der Rest auf dem Boden verstreut wie das Erbrochene vom Vorabend. Und daneben der verhasste Hausmeister, der im Übereifer mal kurz Tabula rasa gemacht hatte.

Nichts auf der Welt, weder Optimus Prime noch Skeletor, ja noch nicht mal der Undertaker oder auch Tatanka, sei so mächtig wie eine Idee, deren Zeit gekommen ist, sagte einst Victor Hugo. Unseren Hausmeister hatte er dabei nicht berücksichtigt.

Das sei hier kein Spielplatz, wetterte dieser blechern durch seine elektronische Stimmprothese am Kehlkopf.

Es sei ein Garten, antwortete meine Mutter, in Gärten spiele man.

Der ganze Schrott sei gefährlich, polterte er, das Metall rostig, man könne sich verletzen.

Es seien Kinder, erwiderte sie, Kinder verletzten sich andauernd.

Es sei ein Garten, zeterte er, kein Schrottplatz, man könne woanders den Unrat lagern, Kellerräume, rief er, Kellerräume seien ideal für Gerümpel.

Es sei unmöglich, eine Rakete in Kellerräumen starten zu lassen, entgegnete meine Mutter, im Übrigen sei es auch verboten, Brandschutz, stehe in der Hausordnung.

Er wolle nur das Beste für das Haus, klagte er, man rechne es ihm nicht an, wisse ihn nicht zu schätzen.

Es seien Kinder, seufzte meine Mutter, man habe nur spielen wollen. Der Hausmeister sagte nichts mehr. Er ging. Einige Jahre später fand man ihn tot in seiner Einliegerwohnung, vereinsamt gestorben, kurz darauf zu Grabe getragen von einer verstrittenen Erbengemeinschaft.

Unsere Rakete war Geschichte, trotz aller Versuche meines Vaters, zu retten, was hoffnungslos verloren war.

Das werfe unser Raketenprogramm um Jahre zurück, bemerkte Matthias Baumann traurig.

Halt die Fresse, heulte Wayne.

Was nun, schluchzte ich.

Ja. Was nun? Wie sollte ich jetzt jemals Sybille beeindrucken, geschweige denn ihr Herz endgültig für mich gewinnen? Alle meine Hoffnungen hatten in dieser Rakete gesteckt, die Summe der Teile, die jetzt zertrümmert auf dem Boden der Tatsachen herumlagen. Es war alles umsonst gewesen. Was würde geschehen? Und überhaupt, wie würde *alles* weitergehen?

Zwei Tage lang waren wir kaum zu trösten. Dann zogen wir die Ärmel über die Fäuste und wischten uns den Rotz und die Tränen aus den Gesichtern. Es war Sommer. Wir waren jung und hatten Antihistamine. Wir machten das einzig Richtige.

Wir gingen bolzen.

»Man wird euch vieles über eure Erziehung sagen, aber wisst,
irgendeine herrliche, heilige Erinnerung, die man aus der Kindheit
aufbewahrt, ist vielleicht die allerbeste Erziehung. Wenn der Mensch
viele solcher Erinnerungen ins Leben mitnimmt, so ist er
fürs ganze Leben gerettet.«
Fjodor M. Dostojewski

»Never forget.«
Take That

INHALT

Witzig, charmant und wundervoll illustriert von Flix

Mischa-Sarim Vérollet

DAS LEBEN IST KEINE WALDORFSCHULE

ISBN 978-3-548-28162-9
www.ullstein-buchverlage.de

»1989, ich war acht Jahre alt, passierte so einiges: Berlin verlor seine Mauer, ich meine Vorhaut.«

Von tragischen Kindheitserlebnissen, Selbstgebranntem auf polnischen Hochzeiten, liebestollen Prinzessinnen auf verregneten Festivals und seiner Mannwerdung dank einer Metal-Band erzählt Mischa-Sarim Vérollet in seinen Geschichten über das hingebungsvolle Scheitern im und am Alltag.

»Brüllend komisch« *Tagesspiegel*

»Ein purer Lesegenuss« *Rhein-Zeitung*

UB557

Jetzt reinklicken!